HÉSIODE ÉDITIONS

THÉOPHILE GAUTIER

# Le Roi Candaule

Hésiode éditions

© Hésiode éditions.

22 rue Gabrielle Josserand - 93500 Pantin.
ISBN 978-2-38512-228-7
Dépôt légal : Novembre 2023

*Impression Books on Demand GmbH*

*In de Tarpen 42*
*22848 Norderstedt, Allemagne*

# Le Roi Candaule

# CHAPITRE PREMIER

Cinq cents ans après la guerre de Troie, et sept cent quinze ans avant notre ère, c'était grande fête à Sardes. – Le roi Candaule se mariait. – Le peuple éprouvait cette espèce d'inquiétude joyeuse et d'émotion sans but qu'inspire aux masses tout événement, quoiqu'il ne les touche en rien et se passe dans des sphères supérieures dont elles n'approcheront jamais.

Depuis que Phœbus-Apollon, debout sur son quadrige, dorait de ses rayons les cimes du mont Tmolus fertile en safran, les braves Sardiens allaient et venaient, montant et descendant les rampes de marbre qui reliaient la cité au Pactole, cette opulente rivière dont Midas, en s'y baignant, a rempli le sable de paillettes d'or. On eût dit que chacun de ces honnêtes citoyens se mariait lui-même, tant ils avaient l'air important et solennel.

Des groupes se formaient dans l'agora, sur les degrés des temples, le long des portiques. À chaque angle de rue, l'on rencontrait des femmes traînant par la main de pauvres enfants dont les pas inégaux s'accordaient mal avec l'impatience et la curiosité maternelles. Les jeunes filles se hâtaient vers les fontaines, leur urne en équilibre sur la tête ou soutenue de leurs bras blancs comme par deux anses naturelles, pour faire la provision d'eau de la maison, et pouvoir être libres à l'heure où passerait le cortège nuptial. Les lavandières repliaient avec précipitation les tuniques et les chlamydes à peine sèches, et les empilaient sur des chariots attelés de mules. Les esclaves tournaient la meule sans que le fouet de l'intendant eût besoin de chatouiller leurs épaules nues et couturées de cicatrices. – Sardes se dépêchait d'en finir avec ces soins de chaque jour dont aucune fête ne dispense.

Le chemin que le cortège devait parcourir avait été semé d'un sable fin et blond. D'espace en espace, des trépieds d'airain envoyaient au ciel des fumées odorantes de cinnamome et de nard. – C'étaient, du reste, les seules vapeurs qui troublassent la pureté de l'azur. – Les nuages d'une journée d'hymen ne doivent provenir que des parfums brûlés. – Des branches de myrtes et de lauriers-roses jonchaient le sol, et sur les murs des palais se déployaient, suspendues à des anneaux de bronze, des tapisseries où l'aiguille des captives industrieuses, entremêlant la laine, l'argent et l'or, avait représenté diverses scènes de l'histoire des dieux et des héros : Ixion embrassant la nue ; – Diane surprise au bain par Actéon ; – le berger Pâris, juge du combat de beauté qui eut lieu sur le mont Ida, entre Héré aux bras de neige, Athéné aux yeux vert de mer, et Aphrodite parée du ceste magique ; – les vieillards troyens se levant sur le passage d'Hélène auprès des portes Scées, sujet tiré d'un poème de l'aveugle du Mélès. – Plusieurs avaient exposé de préférence des scènes tirées de la vie d'Héraclès le Thébain, par flatterie pour Candaule, qui était un Héraclide, descendant de ce héros par Alcée. Les autres s'étaient contentés d'orner de guirlandes et de couronnes le seuil de leurs demeures en signe de réjouissance.

Parmi les rassemblements échelonnés depuis l'entrée de la maison royale jusqu'à la porte de la ville par où devait arriver la jeune reine, les conversations roulaient naturellement sur la beauté de l'épouse, dont la renommée remplissait toute l'Asie, et sur le caractère de l'époux, qui, sans être tout à fait bizarre, semblait néanmoins difficilement appréciable au point de vue ordinaire.

Nyssia, la fille du satrape Mégabaze, était douée d'une pureté de traits et d'une perfection de formes merveilleuses, – c'était du moins le bruit qu'avaient répandu les esclaves qui la servaient, et les amies qui l'accompagnaient au bain ; car aucun homme ne pouvait se vanter de connaître de Nyssia autre chose que la couleur de son voile et les plis élégants qu'elle imprimait, malgré elle, aux étoffes moelleuses qui recouvraient son corps de statue.

Les barbares ne partagent pas les idées des Grecs sur la pudeur : – tandis que les jeunes gens de l'Achaïe ne se font aucun scrupule de faire luire au soleil du stade leurs torses frottés d'huile, et que les vierges Spartiates dansent sans voiles devant l'autel de Diane, ceux de Persépolis, d'Ecbatane et de Bactres, attachant plus de prix à la pudicité du corps qu'à celle de l'âme, regardent comme impures et répréhensibles ces libertés que les mœurs grecques donnent au plaisir des yeux, et pensent qu'une femme n'est pas honnête, qui laisse entrevoir aux hommes plus que le bout de son pied, repoussant à peine en marchant les plis discrets d'une longue tunique.

Malgré ce mystère, ou plutôt à cause de ce mystère, la réputation de Nyssia n'avait pas tardé à se répandre dans toute la Lydie et à y devenir populaire, à ce point qu'elle était parvenue jusqu'à Candaule, bien que les rois soient ordinairement les gens les plus mal informés de leur royaume, et vivent comme les dieux dans une espèce de nuage qui leur dérobe la connaissance des choses terrestres.

Les Eupatrides de Sardes, qui espéraient que le jeune roi pourrait peut-être prendre femme dans leur famille, les hétaires d'Athènes, de Samos, de Milet et de Chypre, les belles esclaves venues des bords de l'Indus, les blondes filles amenées à grands frais du fond des brouillards cimmériens, n'avaient garde de prononcer devant Candaule un seul mot qui, de près ou de loin, pût avoir rapport à Nyssia. Les plus braves, en fait de beauté, reculaient à l'idée d'un combat qu'elles pressentaient devoir être inégal.

Et cependant personne à Sardes, et même en Lydie, n'avait vu cette redoutable adversaire ; personne, excepté un seul être, qui depuis cette rencontre avait tenu sur ce sujet ses lèvres aussi fermées que si Harpocrate, le dieu du silence, les eût scellées de son doigt : – c'était Gygès, chef des gardes de Candaule. Un jour, Gygès, plein de projets et d'ambitions vagues, errait sur les collines de Bactres, où son maître l'avait envoyé pour une mission importante et secrète ; il songeait aux enivrements de la toute-puissance, au bonheur de fouler la pourpre sous une sandale d'or, de poser le diadème sur la tête de la plus belle ; ces pensées faisaient bouillonner son sang dans ses veines, et, comme pour suivre l'essor de ses rêves, il frappait d'un talon nerveux les flancs blanchis d'écume de son cheval numide.

Le temps, de calme qu'il était d'abord, était devenu orageux comme l'âme du guerrier, et Borée, les cheveux hérissés par les frimas de la Thrace, les joues gonflées, les bras croisés sur la poitrine, fouettait à grands coups d'aile les nuages gros de pluie.

Une troupe de jeunes filles qui cueillaient des fleurs dans la campagne, effrayées de la tempête, regagnaient la ville en toute hâte, remportant leur moisson parfumée dans le pan de leur tunique. Voyant de loin venir un étranger à cheval, elles avaient, suivant l'usage des barbares, ramené leur manteau sur leur visage ; mais, au moment où Gygès passait auprès de celle que sa fière attitude et ses vêtements plus riches semblaient désigner comme maîtresse de la troupe, un coup de vent plus fort avait emporté le voile de l'inconnue, et, le faisant tournoyer en l'air comme une plume, l'avait chassé si loin qu'il était impossible de le reprendre. – C'était Nyssia, la fille de Mégabaze, qui se trouva ainsi, le visage découvert, devant Gygès, simple capitaine des gardes du roi Candaule. Était-ce seulement le souffle de Borée qui avait causé cet accident, ou bien Éros, qui se plaît à troubler les âmes, s'était-il amusé à couper le lien qui retenait le tissu protecteur ? Toujours est-il que Gygès resta immobile à l'aspect de cette Méduse de beauté, et il y avait longtemps que le pli de la robe de Nyssia avait disparu sous la porte de la ville, que Gygès ne songeait pas à reprendre son chemin. Bien que rien ne justifiât cette conjecture, il avait eu le sentiment qu'il venait de voir la fille du satrape, et cette rencontre, qui avait presque le caractère d'une apparition, concordait si bien avec la pensée qui l'occupait dans ce moment, qu'il ne put s'empêcher d'y voir quelque chose de fatal et d'arrangé par les dieux. – En effet, c'était bien sur ce front qu'il eût voulu poser le diadème : quel autre en eût été plus digne ? Mais quelle probabilité y avait-il que Gygès eût jamais un trône à faire partager ? Il n'avait pas essayé de donner suite à cette aventure et de s'assurer si c'était vraiment la fille de Mégabaze dont le hasard, ce grand escamoteur, lui avait révélé le visage mystérieux. Nyssia s'était dérobée si promptement qu'il lui eût été impossible de la retrouver, et d'ailleurs il avait été plutôt ébloui, fasciné, foudroyé en quelque sorte, que charmé par cette apparition surhumaine, par ce monstre de beauté.

Cependant, cette image, à peine entrevue un moment, s'était gravée dans son cœur en traits profonds comme ceux que les sculpteurs tracent sur l'ivoire avec un poinçon rougi au feu. Il avait fait, sans pouvoir en venir à bout, tous ses efforts pour l'effacer, car l'amour qu'il éprouvait pour Nyssia lui causait une secrète terreur. – La perfection portée à ce point est toujours inquiétante, et les femmes si semblables aux déesses ne peuvent qu'être fatales aux faibles mortels ; elles sont créées pour les adultères célestes, et les hommes, même les plus courageux, ne se hasardent qu'en tremblant dans de pareilles amours. – Aussi aucun espoir n'avait-il germé dans l'âme de Gygès, accablé et découragé d'avance par le sentiment de l'impossible. Avant d'adresser la parole à Nyssia, il eût voulu dépouiller le ciel de sa robe d'étoiles, ôter à Phœbus sa couronne de rayons, oubliant que les femmes ne se donnent qu'à ceux qui ne les méritent pas, et que le moyen de s'en faire aimer, c'est d'agir avec elles comme si l'on désirait en être haï.

Depuis ce temps, les roses de la joie ne fleurirent plus sur ses joues : le jour, il était triste et morne, et semblait marcher seul dans son rêve, comme un mortel qui a vu une divinité ; la nuit, il était obsédé de songes qui lui montraient Nyssia assise à côté de lui, sur des coussins de pourpre, entre les griffons d'or de l'estrade royale.

Donc Gygès, le seul qui pût parler de Nyssia en connaissance de cause, n'en ayant rien dit, les Sardiens en étaient réduits aux conjectures, et il faut convenir qu'ils en faisaient de bizarres et tout à fait fabuleuses. La beauté de Nyssia, grâce aux voiles dont elle était entourée, devenait comme une espèce de mythe, de canevas, de poème que chacun brodait à sa guise.

« Si ce que l'on rapporte n'est pas faux, disait en grasseyant un jeune débauché d'Athènes, la main appuyée sur l'épaule d'un enfant asiatique, ni Plangon, ni Archenassa, ni Thaïs ne peuvent supporter la comparaison avec cette merveille barbare ; pourtant j'ai peine à croire qu'elle vaille Théano de Colophon, dont j'ai acheté une nuit au prix de ce qu'elle a pu emporter d'or, en plongeant jusqu'aux épaules ses bras blancs dans mon coffre de cèdre.

— Auprès d'elle, ajouta un Eupatride qui avait la prétention d'être mieux informé que personne sur toutes choses, auprès d'elle, la fille de Cœlus et de la Mer paraîtrait comme une servante éthiopienne.

— Ce que vous dites là est un blasphème, et, quoique Aphrodite soit une bonne et indulgente déesse, prenez garde de vous attirer sa colère.

— Par Hercule ! — ce qui est un serment de valeur dans une ville gouvernée par ses descendants, — je n'en puis rabattre d'un mot.

— Vous l'avez donc vue ?

— Non, mais j'ai à mon service un esclave qui a jadis appartenu à Nyssia et qui m'en a fait cent récits.

— Est-il vrai, demanda d'un air enfantin une femme équivoque dont la tunique rose tendre, les joues fardées et les cheveux luisants d'essence annonçaient de malheureuses prétentions à une jeunesse dès longtemps disparue, est-il vrai que Nyssia ait deux prunelles dans chaque œil ? — Cela doit être fort laid à ce qu'il me semble, et je ne sais pas comment Candaule a pu s'éprendre d'une pareille monstruosité, tandis qu'il ne manque pas à Sardes et dans la Lydie de femmes dont le regard est irréprochable ».

Et en disant ces mots avec toute sorte de mignardises et d'afféteries, Lamia jetait un petit coup d'œil significatif sur un petit miroir de métal fondu qu'elle tira de son sein et qui lui servit à ramener au devoir quelques boucles dérangées par l'impertinence du vent.

« Quant à ce qui est de la prunelle double, cela m'a tout l'air d'un conte de nourrice, dit le patricien bien informé ; mais il est sûr que Nyssia a le regard si perçant, qu'elle voit à travers les murs ; à côté d'elle, les lynx sont myopes.

– Comment un homme grave peut-il débiter de sang-froid une absurdité pareille ? interrompit un bourgeois à qui son crâne chauve et le flot de barbe blanche où il plongeait ses doigts tout en parlant, donnaient un aspect de prépondérance et de sagacité philosophique. La vérité est que la fille de Mégabaze n'y voit naturellement pas plus clair que vous et moi ; seulement le prêtre égyptien Thoutmosis, qui sait tant de secrets merveilleux, lui a donné la pierre mystérieuse qui se trouve dans la tête des dragons, et dont la propriété, comme chacun le sait, est de rendre pénétrables au regard, pour ceux qui la possèdent, les ombres et les corps les plus opaques. Nyssia porta toujours cette pierre dans sa ceinture ou sur son bracelet, et c'est ce qui explique sa clairvoyance. »

L'interprétation du bourgeois parut la plus naturelle aux personnages du groupe dont nous essayons de rendre la conversation, et l'opinion de Lamia et du patricien fut abandonnée comme invraisemblable.

« En tout cas, reprit l'amant de Théano, nous allons pouvoir en juger, car il me semble que j'ai entendu résonner les clairons dans le lointain, et, sans avoir la vue de Nyssia, j'aperçois là-bas le héraut qui s'avance, des palmes dans les mains, annonçant l'arrivée du cortège nuptial et faisant ranger la foule ».

À cette nouvelle qui se propagea rapidement, les hommes robustes jouèrent des coudes pour arriver au premier rang ; les garçons agiles, embrassant le fût des colonnes, tâchèrent de se hisser jusqu'aux chapiteaux et de s'y asseoir ; d'autres, non sans avoir excorié leurs genoux à l'écorce, parvinrent à se percher assez commodément dans l'Y de quelque branche d'arbre ; les femmes posèrent leurs petits enfants sur le coin de leur épaule en leur recommandant bien de se retenir à leur cou. Ceux qui avaient le bonheur de demeurer dans la rue où devaient passer Candaule et Nyssia penchèrent la tête du haut de leurs toits, ou, se soulevant sur le coude, quittèrent un moment les coussins qui les soutenaient.

Un murmure de satisfaction et de soulagement parcourut la foule qui attendait déjà depuis de longues heures, car les flèches du soleil de midi commençaient à être piquantes.

Les guerriers pesamment armés, avec des cuirasses de buffle recouvertes de lames de métal, des casques ornés d'aigrettes de crin de cheval teint en rouge, des knémides garnies d'étain, des baudriers étoilés de clous, des boucliers blasonnés et des épées d'airain, marchaient derrière un rang de trompettes qui soufflaient à pleine bouche dans leurs longs tubes étincelants au soleil. Les chevaux de ces guerriers, blancs comme les pieds de Thétis, pour la noblesse de leurs allures et la pureté de leur race, auraient pu servir de modèle à ceux que Phidias sculpta plus tard sur les métopes du Parthénon.

À la tête de cette troupe marchait Gygès, le bien nommé, – car son nom en lydien signifie beau. Ses traits, de la plus parfaite régularité, paraissaient taillés dans le marbre, tant il était pâle, car il venait de reconnaître dans Nyssia, quoiqu'elle fût couverte du voile des jeunes épousées, la femme dont la trahison du vent avait livré la figure à ses regards auprès des murs de Bactres.

« Le beau Gygès paraît bien triste, se disaient les jeunes filles. Quelque fière beauté a-t-elle dédaigné son amour, – ou quelque délaissée lui a-t-elle fait jeter un sort par une magicienne de Thessalie ? L'anneau cabbalistique qu'il a trouvé, à ce qu'on dit, au milieu d'une forêt dans les flancs d'un cheval de bronze, aurait-il perdu sa vertu, – et, cessant de rendre son maître invisible, l'aurait-il trahi tout à coup aux regards étonnés de quelque honnête mari qui se croyait seul dans sa chambre conjugale ?

– Peut-être a-t-il perdu ses talents et ses drachmes au jeu de Palamède, ou bien est-ce le dépit de n'avoir pas gagné le prix aux jeux Olympiques ? Il comptait beaucoup sur son cheval Hypérion. »

Aucune de ces conjectures n'était vraie. Jamais l'on ne suppose ce qui est.

Après le bataillon commandé par Gygès, venaient de jeunes garçons couronnés de myrtes, qui accompagnaient sur des lyres d'ivoire, en se servant d'un archet, des hymnes d'épithalame sur le mode lydien ; ils étaient vêtus de tuniques roses brodées d'une grecque d'argent, et leurs cheveux flottaient sur leurs épaules en boucles épaisses.

Ils précédaient les porteurs de présents, esclaves robustes dont les corps demi-nus laissaient voir des entrelacements de muscles à faire envie au plus vigoureux athlète.

Sur les brancards, soutenus par deux ou quatre hommes, ou davantage, suivant la pesanteur des objets, étaient posés d'énormes cratères d'airain, ciselés par les plus fameux artistes ; – des vases d'or et d'argent aux flancs ornés de bas-reliefs, aux anses gracieusement entremêlées de chimères, de feuillages et de femmes nues ; – des aiguières magnifiques pour laver les pieds des hôtes illustres ; – des buires incrustées de pierres précieuses et contenant les parfums les plus rares, myrrhe d'Arabie, cinnamome des Indes, nard de Perse, essence de roses de Smyrne : – des kamklins ou cassolettes avec couvercles percés de trous ; – des coffres de cèdre et d'ivoire d'un travail merveilleux, s'ouvrant avec des secrets introuvables pour tout autre que l'inventeur, et contenant des bracelets d'or d'Ophir, des colliers de perles du plus bel orient, des agrafes de manteau constellées de rubis et d'escarboucles ; – des toilettes renfermant les éponges blondes, les fers à friser, les dents de loup marin qui servent à polir les ongles, le fard vert d'Égypte, qui devient du plus beau rouge en touchant la peau, les poudres qui noircissent les paupières et les sourcils, et tout ce que la coquetterie féminine peut inventer de raffinements. – D'autres civières étaient couvertes de robes de pourpre de la laine la plus fine et de toutes les nuances, depuis l'incarnat de la rose jusqu'au rouge sombre du sang de la grappe ; – de calasiris en toile de Canope qu'on jette blanche dans la chaudière du teinturier, et qui, grâce aux divers mordants dont elle est empreinte, en sort diaprée des couleurs les plus vives ; – de tuniques apportées du pays fabuleux des Sères, à l'extrémité du monde, faites avec la bave filée d'un ver qui vit sur les feuilles, et si fines qu'elles auraient pu passer par une bague.

Des Éthiopiens luisants comme le jais, la tête serrée par une cordelette pour que les veines de leur front ne se rompissent pas dans les efforts qu'ils faisaient pour soutenir leur fardeau, portaient en grande pompe une statue d'Hercule, aïeul de Candaule, de grandeur colossale, faite d'ivoire et d'or, avec la massue, la peau du lion de Némée, les trois pommes du jardin des Hespérides, et tous les attributs consacrés.

Les statues de la Vénus céleste et de la Vénus Génitrix, taillées par les meilleurs élèves de l'école de Sicyone dans ce marbre de Paros dont l'étincelante transparence semble faite tout exprès pour représenter la chair toujours jeune des immortelles, suivaient l'effigie d'Hercule dont les contours épais et les formes renflées faisaient encore ressortir l'harmonie et l'élégance de leurs proportions.

Un tableau de Bularque, payé au poids de l'or par Candaule, peint sur le bois du larix femelle, et représentant la défaite des Magnètes, excitait l'admiration générale pour la perfection du dessin, la vérité des attitudes et l'harmonie des couleurs, quoique l'artiste n'y eût employé que les quatre teintes primitives : le blanc, l'ocre attique, la sinopis pontique et l'atrament. – Le jeune roi aimait la peinture et la sculpture plus peut-être qu'il ne convient à un monarque, et il lui était arrivé souvent d'acheter un tableau au prix du revenu annuel d'une ville.

Des chameaux et des dromadaires splendidement caparaçonnés, le col chargé de musiciens jouant des cymbales et du tympanon, portaient les pieux dorés, les cordes et les étoffes de la tente destinée à la jeune reine pour des voyages et des parties de chasse.

Ces magnificences, en toute autre occasion, auraient ravi le peuple de Sardes ; mais sa curiosité avait un autre but, et ce ne fut pas sans quelque impatience qu'il vit défiler cette portion du cortège. – Les jeunes filles et les beaux garçons, agitant des torches enflammées, et semant à pleines mains la fleur du crocus, n'obtinrent même pas son attention. L'idée de voir Nyssia préoccupait toutes les têtes.

Enfin Candaule apparut monté sur un char attelé de quatre chevaux aussi beaux, aussi fougueux que ceux du Soleil, inondant de mousse blanche leur frein d'or, secouant leur crinière tressée de pourpre et contenus à grand'peine par le cocher, debout à côté du prince et renversé en arrière pour avoir plus de force.

Candaule était un jeune homme plein de vigueur, justifiant bien son origine herculéenne : sa tête se joignait à ses épaules par un cou de taureau presque sans inflexion ; ses cheveux, noirs et lustrés, se tordaient en petites boucles rebelles et couvraient par places la bandelette du diadème ; ses oreilles, petites et droites, étaient vivement colorées ; mais son front s'étendait large et plein, quoique un peu bas, comme tous les fronts antiques ; son œil plein de douceur et de mélancolie, ses joues ovales, son menton aux courbes douces et ménagées, sa bouche aux lèvres légèrement entr'ouvertes, son bras d'athlète terminé par une main de femme, indiquaient plutôt une nature de poète que de guerrier. En effet, quoiqu'il fût brave, adroit à tous les exercices du corps, domptant un cheval aussi bien qu'un Lapithe, coupant à la nage le courant des fleuves qui descendent des montagnes grossis par les fontes de neige, en état de tendre l'arc d'Odyssée et de porter le bouclier d'Achille, il ne paraissait pas avoir l'esprit préoccupé de conquêtes, et la guerre, si entraînante pour les jeunes rois, n'avait pour lui qu'un attrait médiocre ; il se contentait de repousser les attaques des voisins ambitieux sans chercher à étendre ses États. – Il préférait bâtir des palais pour lesquels ses conseils ne manquaient pas aux architectes, faire des collections de statues et de tableaux des anciens et des nouveaux peintres ; il avait des ouvrages de Téléphanes de Sicyone, de Cléanthes et d'Ardices de Corinthe, d'Hygiémon, de Dinias, de Charmade, d'Eumarus et de Cimon, les uns au simple trait, les autres coloriés ou monochromes. – On disait même que Candaule, chose peu décente pour un prince, n'avait pas dédaigné de manier de ses mains royales le ciseau du sculpteur et l'éponge du peintre encaustique.

Mais pourquoi nous arrêter à Candaule ? Le lecteur est sans doute comme le peuple de Sardes, et c'est Nyssia qu'il veut connaître.

La fille de Mégabaze était montée sur un éléphant à la peau rugueuse, aux immenses oreilles semblables à des drapeaux, qui s'avançait d'un pas lourd, mais rapide, comme un vaisseau parmi des vagues. Ses défenses et sa trompe étaient cerclées d'anneaux d'argent ; des colliers de perles énormes entouraient les piliers de ses jambes. Sur son dos, que recouvrait un magnifique tapis de Perse aux dessins bariolés, s'élevait une espèce d'estrade écaillée de ciselure d'or, constellée d'onyx, de sardoines, de chrysolithes, de lapis-lazuli, de girasols ; sur cette estrade était assise la jeune reine si couverte de pierreries qu'elle éblouissait les yeux. Une mitre en forme de casque, où des perles formaient des ramages et des lettres à la mode orientale, enveloppait sa tête ; ses oreilles, percées aux lobes et sur l'ourlet, étaient chargées d'ornements en façon de coupes, de croissants et de grelots ; des colliers de boules d'or et d'argent, découpés à jour, entouraient son cou au triple rang et descendaient sur sa poitrine avec un frisson métallique ; des serpents d'émeraude aux yeux de rubis et de topazes, après avoir décrit plusieurs spirales, s'agrafaient à ses bras en se mordant la queue : ces bracelets se rejoignaient par des chaînes de pierreries, et leur poids était si considérable que deux suivantes se tenaient agenouillées à côté de Nyssia et lui soutenaient les coudes. Elle était revêtue d'une robe brodée par les ouvriers de Tyr de dessins étincelants de feuillages d'or aux fruits de diamants, et par-dessus elle portait la tunique courte de Persépolis qui descend à peine au genou et dont la manche fendue est rattachée par une agrafe de saphir ; sa taille était entourée, de la hanche jusqu'aux reins, par une ceinture faite d'une étoffe étroite, bigarrée de zébrures et de ramages qui formaient des symétries et des dessins, suivant qu'ils se trouvaient rapprochés par l'arrangement des plis que les filles de l'Inde savent seules disposer. Son pantalon de byssus, que les Phéniciens nomment syndon, se fermait au-dessus des chevilles par des cercles ornés de clochettes d'or et d'argent, et complétait cette toilette d'une richesse bizarre et tout à fait contraire au goût grec. Mais, hélas ! un flammeum couleur de safran masquait impitoyablement le visage de Nyssia qui paraissait gênée, bien qu'elle eût un voile, de voir tant de regards fixés sur elle, et faisait souvent signe à un esclave placé derrière d'abaisser le parasol de plumes d'autruche pour la mieux dérober à l'empressement de la foule.

Candaule avait eu beau la supplier, il n'avait pu la déterminer à quitter son voile, même pour cette occasion solennelle. La jeune barbare avait refusé de payer à son peuple sa bienvenue de beauté. – Le désappointement fut grand ; Lamia prétendit que Nyssia n'osait se découvrir de peur de montrer sa double prunelle ; le jeune débauché resta convaincu que Théano de Colophon était plus belle que la reine de Sardes, et Gygès poussa un soupir, lorsqu'il vit Nyssia, après avoir fait agenouiller son éléphant, descendre sur les têtes inclinées des esclaves damascènes comme par un escalier vivant jusque sur le seuil de la demeure royale, où l'élégance de l'architecture grecque se mêlait aux fantaisies et aux énormités du goût asiatique.

# CHAPITRE II

En notre qualité de poète, nous avons le droit de relever le flammeum couleur de safran qui enveloppait la jeune épouse, – plus heureux en cela que les Sardiens qui, après toute une journée d'attente, furent obligés de s'en retourner chez eux, réduits, comme avant, aux simples conjectures.

Nyssia était réellement au-dessus de sa réputation, quelque grande qu'elle fût ; il semblait que la nature se fût proposé, en la créant, d'aller jusqu'aux limites de sa puissance et de se faire absoudre de tous ses tâtonnements et de tous ses essais manqués. On eût dit qu'émue d'un sentiment de jalousie à l'endroit des merveilles futures des sculpteurs grecs, elle avait voulu, elle aussi, modeler une statue et faire voir qu'elle était encore la souveraine maîtresse en fait de plastique.

Le grain de la neige, l'éclat micacé du marbre de Paros, la pulpe brillantée des fleurs de la balsamine donneraient une faible idée de la substance idéale dont était formée Nyssia. Cette chair si fine, si délicate, se laissait pénétrer par le jour et se modelait en contours transparents, en lignes suaves, harmonieuses comme de la musique. Selon la différence des aspects, elle se colorait de soleil ou de pourpre comme le corps aromal d'une divinité, et semblait rayonner la lumière et la vie. Le monde de perfections que renfermait l'ovale noblement allongé de sa chaste figure, nul ne pourra le redire, ni le statuaire avec son ciseau, ni le peintre avec son pinceau, ni le poète avec son style, fût-il Praxitèle, Apelles ou Mimnerme. Sur son front uni, baigné par des ondes de cheveux rutilants semblables à l'électrum en fusion et saupoudrés de limaille d'or, suivant la coutume babylonienne, siégeait, comme sur un trône de jaspe, l'inaltérable sérénité de la beauté parfaite.

Pour ses yeux, s'ils ne justifiaient pas entièrement ce qu'en disait la crédulité populaire, ils étaient au moins d'une étrangeté admirable ; des sourcils bruns dont les extrémités s'effilaient gracieusement comme les pointes de l'arc d'Éros, et que rejoignait une ligne de henné, à la mode asiatique, de longues franges de cils aux ombres soyeuses, contrastaient vivement avec les deux étoiles de saphir roulant sur un ciel d'argent bruni qui leur servaient de prunelles. Ces prunelles, dont la pupille était plus noire que l'atrament, avaient dans l'iris de singulières variations de nuances ; du saphir elles passaient à la turquoise, de la turquoise à l'aigue-marine, de l'aigue-marine à l'ambre jaune, et quelquefois, comme un lac limpide dont le fond serait semé de pierreries, laissaient entrevoir, à des profondeurs incalculables, des sables d'or et de diamant, sur lesquels des fibrilles vertes frétillaient et se tordaient en serpents d'émeraudes. Dans ces orbes aux éclairs phosphoriques, les rayons des soleils éteints, les splendeurs des mondes évanouis, les gloires des olympes éclipsés semblaient avoir concentré leurs reflets ; en les contemplant, on se souvenait de l'éternité, et l'on se sentait pris de vertige, comme en se penchant sur le bord de l'infini.

L'expression de ces yeux extraordinaires n'était pas moins variable que leurs teintes. Tantôt, leurs paupières s'entr'ouvrant comme les portes des demeures célestes, ils vous appelaient dans des élysées de lumière, d'azur et de félicité ineffable, ils vous promettaient la réalisation de tous vos rêves de bonheur décuplés, centuplés, comme s'ils avaient deviné les secrètes pensées de votre âme ; tantôt, impénétrables comme des boucliers composés de sept lames superposées des plus durs métaux, ils faisaient tomber vos regards, flèches émoussées et sans force : d'une simple inflexion de sourcil, d'un seul tour de prunelle, plus fort que la foudre de Zeus, ils vous précipitaient, du haut de vos escalades les plus ambitieuses, dans des néants si profonds qu'il était impossible de s'en relever. Typhon lui-même, qui se retourne sous l'Etna, n'eût pu soulever les montagnes de dédain dont ils vous accablaient ; l'on comprenait que, vécût-on mille olympiades, avec la beauté du blond fils de Létô, le génie d'Orpheus, la puissance sans bornes des rois assyriens, les trésors des Kabires, des Telchines et des Dactyles, dieux des richesses souterraines, on ne pourrait les ramener à une expression plus douce.

D'autres fois ils avaient des langueurs si onctueuses et si persuasives, des effluves et des irradiations si pénétrants, que les glaces de Nestor et de Priam se seraient fondues à leur aspect, comme la cire des ailes d'Icare en approchant des zones enflammées. Pour un de ces regards on eût trempé ses mains dans le sang de son hôte, dispersé aux quatre vents les cendres de son père, renversé les saintes images des dieux et volé le feu du ciel comme Prométhée, le sublime larron.

Cependant leur expression la plus ordinaire, il faut le dire, était une chasteté désespérante, une froideur sublime, une ignorance de toute possibilité de passion humaine, à faire paraître les yeux de clair de lune de Phœbé et les yeux vert de mer d'Athéné plus lubriques et plus provocants que ceux d'une jeune fille de Babylone sacrifiant à la déesse Mylitta dans l'enceinte de cordes de Succoth-Benoth. – Leur virginité invincible paraissait défier l'amour.

Les joues de Nyssia, que nul regard humain n'avait profanées, excepté celui de Gygès, le jour du voile enlevé, avaient une fleur de jeunesse, une pâleur tendre, une délicatesse de grain et de duvet dont le visage de nos femmes, toujours exposées à l'air et au soleil, ne peut donner l'idée la plus lointaine ; la pudeur y faisait courir des nuages roses comme ceux que produirait une goutte d'essence vermeille dans une coupe pleine de lait, et, quand nulle émotion ne les colorait, elles prenaient des reflets argentés, de tièdes lueurs, comme un albâtre éclairé par dedans. La lampe était son âme charmante, que laissait apercevoir la transparence de sa chair.

Une abeille se fût trompée à sa bouche, dont la forme était si parfaite, les coins si purement arqués, la pourpre si vivace et si riche, que les dieux seraient descendus des maisons olympiennes pour l'effleurer de leurs lèvres humides d'immortalité, si la jalousie des déesses n'y eût mis bon ordre. Heureux l'air qui passait par cette pourpre et ces perles, qui dilatait ces jolies narines si finement coupées et nuancées de tons roses, comme la nacre des coquillages poussés par la mer sur les rives de Chypre aux pieds de la Vénus Anadyomène. Mais il y a comme cela une foule de bonheurs accordés à des choses qui ne peuvent les comprendre. – Quel amant ne voudrait être la tunique de sa bien-aimée ou l'eau de son bain ?

Telle était Nyssia, si l'on peut se servir de ces mots après une description si vague de sa figure. – Si nos brumeux idiomes du Nord avaient cette chaude liberté, cet enthousiasme brûlant du Schir-hasch-Schirim, peut-être par des comparaisons, en suscitant dans l'esprit du lecteur des souvenirs de fleurs, de parfums, de musique et de soleil, en évoquant par la magie des mots tout ce que la création peut contenir d'images gracieuses et charmantes, nous eussions pu donner quelque idée de la physionomie de Nyssia ; – mais il n'est permis qu'à Salomon de comparer le nez d'une belle femme à la tour du Liban qui regarde vers Damas. Et pourtant qu'y a-t-il de plus important au monde que le nez d'une belle femme ? Si Hélène, la blanche Tyndaride, eût été camarde, la guerre de Troie eût-elle eu lieu ? Et si Sem Rami n'avait eu le profil d'une régularité parfaite, eût-elle séduit le vieux monarque de Nin-Nevet, et ceint son front de la mitre de perles, signe du pouvoir suprême ?

Candaule, bien qu'il eût fait amener dans ses palais les plus belles esclaves de Sour, d'Ascalon, de Sogd, de Sakkes, de Ratsaf, les plus célèbres courtisanes d'Éphèse, de Pergame, de Smyrne et de Chypre, fut complètement fasciné par les charmes de Nyssia… Il n'avait pas même soupçonné jusque-là l'existence d'une pareille perfection.

Libre, en sa qualité d'époux, de se plonger dans la contemplation de cette beauté, il se sentit pris d'éblouissements et de vertige, comme quelqu'un qui se penche sur l'abîme ou fixe ses yeux sur le soleil ; il éprouva une espèce de délire de possession, comme un prêtre ivre du dieu qui le remplit. Toute autre pensée disparut de son âme, et l'univers ne lui apparut plus que comme un brouillard vague où rayonnait le fantôme étincelant de Nyssia. Son bonheur tournait à l'extase, et son amour à la folie. Parfois sa félicité l'effrayait. N'être qu'un misérable roi, que le descendant lointain d'un héros devenu dieu à force de fatigues, qu'un homme vulgaire fait de chair et d'os, et, sans avoir rien fait pour le mériter, sans même avoir, comme son aïeul, étouffé quelque hydre et déchiré quelque lion, jouir d'un bonheur dont Zeus, à la chevelure ambrosienne, serait à peine digne, tout maître de l'Olympe qu'il est ! Il avait, en quelque sorte, honte d'accaparer un si riche trésor pour lui seul, de faire au monde le vol de cette merveille, et d'être le dragon écaillé et griffu qui gardait le type vivant de l'idéal des amoureux, des sculpteurs et des poètes. – Tout ce qu'ils avaient rêvé dans leurs aspirations, leurs mélancolies et leurs désespoirs, il le possédait, lui, Candaule, pauvre tyran de Sardes, ayant à peine quelques misérables coffres pleins de perles, quelques citernes remplies de pièces d'or et trente ou quarante mille esclaves achetés ou enlevés à la guerre !

La félicité était trop grande pour Candaule, et la force qu'il eût sans doute trouvée pour supporter l'infortune lui manqua pour le bonheur. – Sa joie débordait de son âme, comme l'eau d'un vase sur le feu, et, dans l'exaspération de son enthousiasme pour Nyssia, il en était venu à la désirer moins timide et moins pudique, car il lui en coûtait de garder pour lui seul le secret d'une telle beauté.

« Oh ! se disait-il pendant les rêveries profondes qui occupaient tout le temps qu'il ne passait pas auprès de la reine, l'étrange sort que le mien ! – Je suis malheureux de ce qui ferait le bonheur de tout autre époux. Nyssia ne veut pas sortir de l'ombre du gynécée, et refuse, dans sa pudeur barbare, de relever son voile devant d'autres que moi. Pourtant, avec quel enivrement d'orgueil mon amour la verrait rayonnante et sublime, debout sur le haut de l'escalier royal, dominer mon peuple à genoux, et faire évanouir, comme l'aurore qui se lève, toutes les pâles étoiles qui pendant la nuit s'étaient crues des soleils ! – Orgueilleuses Lydiennes, qui pensez être belles, vous ne devez qu'à la réserve de Nyssia de ne pas paraître, même à vos amants, aussi laides que les esclaves de Nahasi et de Kousch aux yeux obliques, aux lèvres épatées. Si une seule fois elle traversait les rues de Sardes le visage découvert, vous auriez beau tirer vos adorateurs par le pan de leur tunique, aucun d'eux ne retournerait la tête, ou, s'il le faisait, il vous demanderait votre nom, tant il vous aurait profondément oubliées. Ils iraient se précipiter sous les roues d'argent de son char pour avoir la volupté d'être écrasés par elle, comme ces dévots de l'Indus qui pavent de leurs corps le chemin de leur idole. Et vous, déesses qu'a jugées Pâris-Alexandre, si Nyssia avait concouru, aucune de vous n'eût emporté la pomme, pas même Aphrodite, malgré son ceste et la promesse de faire aimer le berger-arbitre par la plus belle femme du monde !…

« Penser qu'une semblable beauté n'est pas immortelle, hélas ! et que les ans altéreront ces lignes divines, cet admirable hymne de formes, ce poème dont les strophes sont des contours, et que nul au monde n'a lu et ne doit lire que moi ; être seul dépositaire d'un si splendide trésor ! – Au moins, si je savais, à l'aide des lignes et des couleurs, imitant le jeu de l'ombre et de la lumière, fixer sur le bois un reflet de ce visage céleste ; si le marbre n'était pas rebelle à mon ciseau, comme dans la veine la plus pure du Paros ou du Pentélique je taillerais un simulacre de ce corps charmant, qui ferait tomber de leurs autels les vaines effigies des déesses ! Et plus tard, lorsque sous le limon des déluges, sous la poussière des villes dissoutes, les hommes des âges futurs rencontreraient quelque morceau de cette ombre pétrifiée de Nyssia, ils se diraient : « Voilà donc comment étaient faites les femmes de ce monde disparu ! » Et ils élèveraient un temple pour loger le divin fragment. Mais je n'ai rien qu'une admiration stupide et un amour insensé ! Adorateur unique d'une divinité inconnue, je ne possède aucun moyen de répandre son culte sur la terre ! »

Ainsi, dans Candaule, l'enthousiasme de l'artiste avait éteint la jalousie de l'amant ; l'admiration était plus forte que l'amour. Si, au lieu de Nyssia, fille du satrape Mégabaze, tout imbue d'idées orientales, il eût épousé quelque Grecque d'Athènes ou de Corinthe, nul doute qu'il n'eût fait venir à sa cour les plus habiles d'entre les peintres et les sculpteurs, et ne leur eût donné la reine pour modèle, comme plus tard le fit Alexandre le Grand pour Campaspe, sa favorite, qui posa nue devant Apelles. Cette fantaisie n'eût rencontré aucune résistance dans une femme d'un pays où les plus chastes se glorifiaient d'avoir contribué, celles-là pour le dos, celles-ci pour le sein, à la perfection d'une statue célèbre. Mais c'était à peine si la farouche Nyssia consentait à déposer ses voiles dans l'ombre discrète du thalamus, et les empressements du roi la choquaient, à vrai dire, plus qu'ils ne la charmaient. L'idée du devoir et de la soumission qu'une femme doit à son mari la faisait seule céder quelquefois à ce qu'elle appelait les caprices de Candaule.

Souvent il la priait de laisser couler sur ses épaules les flots de ses cheveux, fleuve d'or plus opulent que le Pactole, de poser sur son front une couronne de lierre et de tilleul, comme une bacchante du Ménale, de se coucher sur une peau de tigre aux dents d'argent, aux yeux de rubis, à peine couverte d'un nuage de tissu plus fin que du vent tramé, ou de se tenir debout dans une conque de nacre, faisant pleuvoir de ses tresses une rosée de perles au lieu de gouttes d'eau de mer.

Quand il avait trouvé la place la plus favorable, il s'absorbait dans une muette contemplation ; sa main, traçant en l'air de vagues contours, semblait esquisser quelque projet de tableau, et il serait resté ainsi des heures entières, si Nyssia, bientôt lasse de son rôle de modèle, ne lui eût rappelé d'un ton froid et dédaigneux que de pareils amusements étaient indignes de la majesté royale et contraires aux saintes lois du mariage. « C'est ainsi, disait-elle en se retirant, drapée jusqu'aux yeux, dans les plus mystérieuses retraites de son appartement, que l'on traite une maîtresse et non une femme honnête et de race noble ».

Ces sages remontrances ne corrigeaient pas Candaule, dont la passion s'augmentait en raison inverse de la froideur que lui montrait la reine. Et il en vint à ce point de ne plus pouvoir garder pour lui les chastes secrets de la couche nuptiale. Il lui fallut un confident comme à un prince de tragédie moderne. Il n'alla pas, comme vous le pensez bien, choisir un philosophe rébarbatif, à la mine renfrognée, laissant tomber un flot de barbe grise et blanche sur un manteau percé de trous orgueilleux, ni un guerrier ne parlant que de balistes, de catapultes et de chars armés de faux, ni un Eupatride sentencieux plein de conseils et de maximes politiques, mais bien Gygès, – que sa renommée galante devait faire passer pour un connaisseur en matière de femmes.

Un soir, il lui posa la main sur l'épaule d'un air plus familier et plus cordial que de coutume, et, lui jetant un coup d'œil significatif, il fit quelques pas et se sépara du groupe de courtisans en disant à haute voix :

« Gygès, viens donc me donner ton avis sur mon effigie que les sculpteurs de Sicyone ont achevé tout récemment de tailler dans le bas-relief généalogique où sont inscrits mes aïeux.

– Ô roi ! tes connaissances sont supérieures à celles de ton humble sujet, et je ne sais comment reconnaître l'honneur que tu me fais en me daignant consulter, » répondit Gygès avec un signe d'assentiment.

Candaule et son favori parcoururent plusieurs salles décorées dans le goût hellénique, où l'acanthe de Corinthe, la volute d'Ionie fleurissaient et se contournaient au chapiteau des colonnes, où les frises étaient peuplées de figurines en ouvrage de plastique polychrome représentant des processions et des sacrifices, et arrivèrent enfin dans une partie reculée de l'ancien palais dont les murailles étaient formées de pierres à angles irréguliers et jointes sans ciment à la manière cyclopéenne. Cette vieille architecture avait des proportions colossales et un caractère formidable. Le génie démesuré des anciennes civilisations de l'Orient y était lisiblement écrit, et rappelait les débauches de granit et de briques de l'Égypte et de l'Assyrie. – Quelque chose de l'esprit des anciens architectes de la tour de Lylacq survivait dans ces piliers trapus, aux profondes cannelures torses, dont le chapiteau était composé de quatre têtes de taureau affrontées et reliées entre elles par des nœuds de serpents qui semblaient vouloir les dévorer, obscur emblème cosmogonique dont le sens n'était déjà plus intelligible et qui était descendu dans la tombe avec les hiérophantes des siècles précédents. – Les portes n'avaient ni la forme carrée ni la forme ronde : elles décrivaient une espèce d'ogive assez semblable à la mitre des mages et augmentant encore par cette bizarrerie le caractère de la construction.

Cette portion du palais formait comme une espèce de cour entourée d'un portique dont le bas-relief généalogique auquel Candaule avait fait allusion ornait l'architrave.

Au milieu, l'on voyait Héraclès, le haut du corps découvert, assis sur un trône, les pieds sur un escabeau, selon le rite pour la représentation des personnes divines. Ses proportions colossales n'eussent d'ailleurs laissé aucun doute sur son apothéose ; la rudesse et la grossièreté archaïques du travail, dû au ciseau de quelque artiste primitif, lui donnaient un air de majesté barbare, une grandeur sauvage plus analogue peut-être au caractère de ce héros tueur de monstres, que ne l'eût été l'ouvrage d'un sculpteur consommé dans son art.

À la droite du trône, se tenaient Alcée, fils du héros et d'Omphale, Ninus, Bélus, Argon, premiers rois de la dynastie des Héraclides, puis toute la suite des rois intermédiaires, dont les derniers étaient Ardys, Alyatte, Mélès ou Myrsus, père de Candaule, et enfin Candaule lui-même.

Tous ces personnages, à la chevelure tressée en cordelettes, à la barbe tournée en spirale, aux yeux obliques, à l'attitude anguleuse, aux gestes gênés et contraints, semblaient avoir une espèce de vie factice due aux rayons du soleil couchant et à la couleur rougeâtre dont le temps revêt les marbres dans les climats chauds. – Les inscriptions en caractères antiques gravées auprès d'eux, en manière de légendes, ajoutaient encore à la singularité mystérieuse de cette longue procession de figures aux accoutrements étranges et barbares.

Par un hasard que Gygès ne put s'empêcher de remarquer, la statue de Candaule se trouvait précisément occuper la dernière place disponible à la gauche d'Héraclès. – Le cycle dynastique était fermé, et, pour loger les descendants de Candaule, il eût fallu de toute nécessité élever un nouveau portique et recommencer un nouveau bas-relief.

Candaule, dont le bras reposait toujours sur l'épaule de Gygès, fit en silence le tour du portique ; il semblait hésiter à entrer en matière et avoir tout à fait oublié le prétexte sous lequel il avait amené son capitaine des gardes dans cet endroit solitaire.

« Que ferais-tu, Gygès, dit enfin Candaule, rompant ce silence pénible pour tous deux, si tu étais plongeur et que du sein verdâtre de l'Océan tu eusses retiré une perle parfaite, d'un éclat et d'une pureté incomparables, d'un prix à épuiser les plus riches trésors ?

– Je l'enfermerais, répondit Gygès, un peu surpris de cette brusque question, dans une boîte de cèdre revêtue de lames de bronze, et je l'enfouirais dans un lieu désert, sous une roche déplacée, et de temps à autre, lorsque je serais sûr de n'être vu de personne, j'irais contempler mon précieux joyau et admirer les couleurs du ciel se mêlant à ses teintes nacrées.

– Et moi, reprit Candaule, l'œil illuminé d'enthousiasme, si je possédais ce si riche bijou, je voudrais l'enchâsser dans mon diadème, l'offrir librement à tous les regards, à la pure lumière du soleil, me parer de son éclat et sourire d'orgueil en entendant dire : « Jamais roi d'Assyrie ou de Babylone, jamais tyran grec ou trinacrien n'a possédé une perle d'un aussi bel orient que Candaule, fils de Myrsus et descendant d'Héraclès, roi de Sardes et de Lydie ! À côté de Candaule, Midas, qui changeait tout en or, n'est qu'un mendiant aussi pauvre qu'Irus. »

Gygès écoutait avec étonnement les discours de Candaule et cherchait à pénétrer le sens caché de ces divagations lyriques. Le roi semblait être dans un état d'excitation extraordinaire : ses yeux étincelaient d'enthousiasme, une teinte d'un rose fébrile couvrait ses joues, ses narines enflées aspiraient l'air fortement.

« Eh bien ! Gygès, continua Candaule sans paraître remarquer l'air inquiet de son favori, je suis ce plongeur. Dans ce sombre océan humain où s'agitent confusément tant d'êtres manqués et mal venus, tant de formes incomplètes ou dégradées, tant de types d'une laideur bestiale, ébauches malheureuses de la nature qui s'essaye, j'ai trouvé la beauté pure, radieuse, sans tache, sans défaut, l'idéal réel, le rêve accompli, une forme que jamais peintre ni sculpteur n'ont pu traduire sur la toile ou dans le marbre : – j'ai trouvé Nyssia !

– Bien que la reine ait la pudeur craintive des femmes de l'Orient, et que nul homme, excepté son époux, n'ait vu les traits de son visage, la renommée aux cent langues et aux cent oreilles a publié partout ses louanges, dit Gygès en s'inclinant avec respect.

– Des bruits vagues, insignifiants. On dit d'elle, comme de toutes les femmes qui ne sont pas précisément laides, qu'elle est plus belle qu'Aphrodite ou qu'Hélène ; mais personne ne peut soupçonner, même lointainement, une pareille perfection. En vain j'ai supplié Nyssia de paraître sans voile dans quelque fête publique, dans quelque sacrifice solennel, ou de se montrer un instant accoudée sur la terrasse royale, donnant à son peuple l'immense bienfait d'un de ses aspects, lui faisant la prodigalité d'un de ses profils, plus généreuse en cela que les déesses, qui ne laissent voir à leurs adorateurs que de pâles simulacres d'albâtre et d'ivoire. Elle n'a jamais voulu y consentir. – Chose étrange, et que je rougirais de t'avouer, cher Gygès : autrefois j'ai été jaloux ; j'aurais voulu cacher mes amours à tous les yeux ; nulle ombre n'était assez épaisse, nul mystère assez impénétrable. Maintenant je ne me reconnais plus, je n'ai ni les idées de l'amant ni celles de l'époux ; mon amour s'est fondu dans l'adoration comme une cire légère dans un brasier ardent. Tous les sentiments mesquins de jalousie ou de possession se sont évanouis. Non, l'œuvre la plus achevée que le ciel ait donnée à la terre depuis le jour où Prométhée appliqua la flamme sous la mamelle gauche de la statue d'argile, ne peut être tenue ainsi dans l'ombre glaciale du gynécée ! – Si je mourais, le secret de cette beauté demeurerait donc à jamais enseveli sous les sombres draperies du veuvage ! – Je me trouve coupable en la cachant comme si j'avais le soleil chez moi et que je l'empêchasse d'éclairer le monde. – Et quand je pense à ces lignes harmonieuses, à ces divins contours que j'ose à peine effleurer d'un baiser timide, je sens mon cœur près d'éclater, je voudrais qu'un œil ami pût partager mon bonheur et, comme un juge sévère à qui l'on fait voir un tableau, reconnaître après un examen attentif qu'il est irréprochable et que le possesseur n'a pas été trompé par son enthousiasme. – Oui, souvent, je me suis senti tenté d'écarter d'une main téméraire ces tissus odieux ; mais Nyssia, dans sa chasteté farouche, ne me le pardonnerait pas. Et cependant, je ne puis porter seul une si grande félicité, il me faut un confident de mes extases, un écho qui réponde à mes cris d'admiration, – et ce sera toi ! »

Ayant dit ces mots, Candaule disparut brusquement par un passage secret. Gygès, resté seul, ne put s'empêcher de faire la remarque du concours d'événements qui semblaient le mettre toujours sur le chemin de Nyssia. – Un hasard lui avait fait connaître sa beauté murée à tous les yeux ; entre tant de princes et de satrapes elle avait épousé précisément Candaule, le roi qu'il servait, et, par un caprice étrange qu'il ne pouvait s'empêcher de trouver presque fatal, ce roi venait faire, à lui Gygès, des confidences sur cette créature mystérieuse que personne n'approchait, et voulait absolument achever l'ouvrage de Borée dans la plaine de Bactres. La main des dieux n'était-elle pas visible dans toutes ces circonstances ? – Ce spectre de beauté, dont le voile se soulevait peu à peu comme pour l'enflammer, ne le conduisait-il pas sans qu'il s'en doutât vers l'accomplissement de quelque grand destin ? – Telles étaient les questions que se posait Gygès ; mais, ne pouvant percer l'avenir obscur, il résolut d'attendre les événements et sortit de la cour des portraits, où l'ombre commençait à s'entasser dans les angles et à rendre de plus en plus bizarres et menaçantes les effigies des ancêtres de Candaule.

Était-ce un simple jeu de lumière ou une illusion produite par cette inquiétude vague que cause aux cœurs les plus fermes l'arrivée de la nuit dans les monuments antiques ? Gygès, au moment de dépasser le seuil, crut avoir entendu de sourds gémissements sortir des lèvres de pierre du bas-relief, et il lui sembla qu'Héraclès faisait d'énormes efforts pour dégager sa massue de granit.

## CHAPITRE III

Le jour suivant, Candaule, prenant Gygès à part, continua l'entretien commencé sous le portique des Héraclides. Délivré de l'embarras d'entrer en matière, il s'ouvrit sans réserve à son confident, et, si Nyssia avait pu l'entendre, peut-être lui eût-elle pardonné ses indiscrétions conjugales en faveur des éloges passionnés qu'il accordait à ses charmes.

Gygès écoutait toutes ces louanges avec l'air un peu contraint d'un homme qui ne sait pas encore si son interlocuteur ne feint pas un enthousiasme plus vif qu'il ne l'éprouve réellement, afin de provoquer une confiance lente à se décider. Aussi Candaule lui dit, d'un ton dépité : « Je vois, Gygès, que tu ne me crois pas. Tu penses que je me vante ou que je me suis laissé fasciner comme un épais laboureur par quelque robuste campagnarde à laquelle Hygie a écrasé sur les joues les grossières couleurs de la santé ; non, de par tous les dieux ! – j'ai réuni chez moi, comme un bouquet vivant, les plus belles fleurs de l'Asie et de la Grèce ; depuis Dédale, dont les statues parlaient et marchaient, je connais tout ce qu'a produit l'art des sculpteurs et des peintres. Linus, Orphée, Homère, m'ont appris l'harmonie et le rythme ; – ce n'est pas avec un bandeau de l'amour sur les yeux que je regarde. Je juge de sang-froid. La fougue de la jeunesse n'est pour rien dans mon admiration, et, quand je serais aussi caduc, aussi décrépit, aussi rayé de rides que Tithon dans son maillot, mon avis serait toujours le même ; mais je te pardonne ton incrédulité et ton manque d'enthousiasme. Pour me comprendre, il faut que tu contemples Nyssia dans l'éclat radieux de sa blancheur étincelante, sans ombre importune, sans draperie jalouse, telle que la nature l'a modelée de ses mains dans un moment d'inspiration qui ne reviendra plus. Ce soir, je te cacherai dans un coin de l'appartement nuptial... tu la verras !

– Seigneur, que me demandez-vous ? répondit le jeune guerrier avec une fermeté respectueuse. Comment du fond de ma poussière, de l'abîme de mon néant, oserai-je lever les yeux vers ce soleil de perfections, au risque de rester aveugle le reste de ma vie ou de ne pouvoir plus distinguer dans les ténèbres qu'un spectre éblouissant ? – Ayez pitié de votre humble esclave, ne le forcez point à une action si contraire aux maximes de la vertu ; chacun ne doit regarder que ce qui lui appartient. Vous le savez, les immortelles punissent toujours les imprudents ou les audacieux qui les surprennent dans leur divine nudité. Je vous crois, Nyssia est la plus belle des femmes, vous êtes le plus heureux des époux et des amants ; Héraclès, votre aïeul, dans ses nombreuses conquêtes, n'a rien trouvé qui approchât de votre reine. Si vous, le prince que les artistes les plus vantés prennent pour juge et pour conseil, vous la trouvez incomparable, que vous importe l'avis d'un soldat obscur comme moi ? Renoncez donc à votre fantaisie qui, j'ose le dire, n'est pas digne de la majesté royale, et dont vous vous repentirez dès qu'elle sera satisfaite.

– Écoute, Gygès, reprit Candaule, je vois que tu te défies de moi ; tu penses que je veux t'éprouver ; mais, je te le jure, par les cendres du bûcher d'où mon aïeul est sorti dieu, je parle franchement et sans arrière-pensée !

– Ô Candaule, je ne doute pas de votre bonne foi, votre passion est sincère ; mais peut-être, lorsque je vous aurai obéi, concevrez-vous pour moi une aversion profonde, et me haïrez-vous de ne pas vous avoir résisté davantage. Vous voudrez reprendre à ces yeux, indiscrets par force, l'image que vous leur aurez laissé entrevoir dans un moment de délire, et qui sait si vous ne les condamnerez pas à la nuit éternelle du tombeau, pour les punir de s'être ouverts lorsqu'ils devaient se fermer ?

– Ne crains rien ; je te donne ma parole royale qu'il ne te sera fait aucun mal.

– Pardonnez à votre esclave s'il ose encore, après une telle assurance, élever quelque objection. Avez-vous réfléchi que ce que vous me proposez est une profanation de la sainteté du mariage, une espèce d'adultère visuel ? Souvent la femme dépose la pudeur avec ses vêtements, et, une fois violée par le regard, sans avoir cessé d'être vertueuse elle peut croire qu'elle a perdu sa fleur de pureté. – Vous me promettez de n'avoir aucun ressentiment ; mais qui m'assurera contre le courroux de Nyssia, elle si réservée, si chaste, d'une pudeur si inquiète, si farouche et si virginale, qu'on la dirait encore ignorante des lois de l'hymen ? Si elle vient à apprendre le sacrilège dont je vais me rendre coupable par déférence pour les volontés de mon maître, à quel supplice me condamnera-t-elle pour me faire expier un tel crime ? Qui pourra me mettre à l'abri de sa colère vengeresse ?

– Je ne te savais pas si sage et si prudent, dit Candaule avec un sourire légèrement ironique ; mais tous ces dangers sont imaginaires, et je te cacherai de façon que Nyssia ignore à tout jamais qu'elle a été vue par un autre que par son royal époux ».

Gygès, ne pouvant se défendre davantage, fit un signe d'assentiment pour montrer qu'il donnait les mains aux volontés du roi. – Il avait résisté autant qu'il avait pu, et sa conscience était désormais en repos sur ce qui devait arriver ; il eût craint d'ailleurs, en se refusant plus longtemps au désir de Candaule, de contrarier le destin, qui paraissait vouloir le rapprocher de Nyssia pour quelque raison formidable et suprême qu'il ne lui était pas donné de pénétrer. Sans pressentir aucun dénouement, il voyait vaguement passer devant lui mille images tumultueuses et vagues. Cet amour souterrain, accroupi au bas de l'escalier de son âme, avait remonté quelques marches, guidé par une incertaine lueur d'espérance ; le poids de l'impossible ne pesait plus si lourdement sur sa poitrine, maintenant qu'il se croyait aidé par les dieux. En effet, qui eût pu penser que pour Gygès les charmes tant vantés de la fille de Mégabaze n'auraient bientôt plus de mystère ?

« Viens, Gygès, dit Candaule, en le prenant par la main, profitons du moment. Nyssia se promène avec ses femmes dans les jardins ; allons étudier la place et dresser nos stratagèmes pour ce soir ».

Le roi prit son confident par la main et le guida à travers les détours qui conduisaient à l'appartement nuptial. Les portes de la chambre à coucher étaient faites d'ais de cèdre si exactement unis, qu'il était impossible d'en deviner les jointures. À force de les frotter avec de la laine imbibée d'huile, les esclaves avaient rendu le bois aussi luisant que le marbre ; les clous d'airain aux têtes taillées à facettes, dont elles étaient étoilées, avaient tout le brillant de l'or le plus pur. – Un système compliqué de courroies et d'anneaux de métal, dont Candaule et sa femme connaissaient les entrelacements, servait de fermeture ; car en ces temps héroïques la serrurerie était encore à l'état d'enfance.

Candaule défit les nœuds, fit glisser les anneaux sur les courroies, souleva, avec un manche qu'il introduisit dans une mortaise, la barre qui fermait la porte à l'intérieur, et, ordonnant à Gygès de se placer contre le mur, il renversa sur lui un des battants de manière à le cacher tout à fait ; mais la porte ne se joignait pas si exactement à son cadre de poutres de chêne, soigneusement polies et dressées au cordeau par un ouvrier habile, que le jeune guerrier ne pût, à travers l'interstice laissé libre pour le jeu des gonds, apercevoir d'une façon distincte tout l'intérieur de la chambre.

En face de la porte, le lit royal s'élevait sur une estrade de plusieurs degrés, recouverte d'un tapis de pourpre : des colonnes d'argent ciselé en soutenaient l'entablement, orné de feuillages en relief, à travers lesquels des amours se jouaient avec des dauphins ; d'épaisses courtines brodées d'or l'entouraient comme les pans d'une tente.

Sur l'autel des dieux protecteurs du foyer étaient posés des vases en métal précieux, des patères émaillées de fleurs, des coupes à deux anses, et tout ce qui sert aux libations.

Le long des murs, garnis de planches de cèdre merveilleusement travaillées, s'adossaient de distance en distance des statues de basalte noir, conservant les poses contraintes de l'art égyptien et tenant au poing une torche de bronze où s'adaptait un éclat de bois résineux.

Une lampe d'onyx, suspendue par une chaîne d'argent, descendait de cette poutre du plafond qu'on appelle la noire, parce qu'elle est plus exposée que les autres à être brunie par la fumée. Chaque soir une esclave avait soin de la remplir d'huile odoriférante.

Près de la tête du lit était accroché à une petite colonne un trophée d'armes, composé d'un casque à visière, d'un bouclier doublé de quatre cuirs de taureau, garni de lames d'étain et de cuivre, d'une épée à deux tranchants et de javelots de frêne aux pointes d'airain.

À des chevilles de bois pendaient les tuniques et les manteaux de Candaule : il y en avait de simples et de doubles, c'est-à-dire pouvant entourer le corps deux fois ; on remarquait surtout un manteau trempé trois fois dans la pourpre et orné d'une broderie représentant une chasse où des molosses de Laconie poursuivaient et déchiraient des cerfs, et une tunique dont l'étoffe, fine et délicate comme la pellicule qui enveloppe l'oignon, avait tout l'éclat de rayons de soleil tramés. Vis-à-vis le trophée d'armes était placé un fauteuil incrusté d'ivoire et d'argent avec un siège recouvert d'une peau de léopard, tachetée de plus d'yeux que le corps d'Argus, et un marchepied découpé à jour, sur lequel Nyssia déposait ses vêtements.

« Je me retire d'ordinaire le premier, dit Candaule à Gygès, et je laisse la porte ouverte comme elle l'est maintenant ; Nyssia, qui a toujours quelque fleur de tapisserie à terminer, quelque ordre à donner à ses femmes, tarde quelquefois un peu à me rejoindre ; mais enfin elle vient ; et, comme si cet effort lui coûtait beaucoup, lentement, une à une, elle laisse tomber sur ce fauteuil d'ivoire les draperies et les tuniques qui l'enveloppent tout le jour, comme les bandelettes d'une momie. Du fond de ta retraite, tu pourras suivre ses mouvements gracieux, admirer ses attraits sans rivaux, et juger par toi-même si Candaule est un jeune fou qui se vante à tort, et s'il ne possède pas réellement la plus riche perle de beauté qui jamais ait orné un diadème !

– Ô roi, je vous croirais même sans cette épreuve, répondit Gygès en sortant de sa cachette.

– Quand elle a quitté ses vêtements, continua Candaule sans faire attention à ce que disait son confident, elle vient prendre place à mes côtés ; c'est ce moment qu'il faut saisir pour l'esquiver : car, dans le trajet du fauteuil au lit, elle tourne le dos à la porte. Suspends tes pas comme si tu marchais sur la pointe des blés mûrs, prends garde qu'un grain de sable ne crie sous ta sandale, retiens ton haleine et retire-toi le plus légèrement possible. – Le vestibule est baigné d'ombre, et les faibles rayons de la seule lampe qui reste allumée ne dépassent pas le seuil de la chambre. Il est donc certain que Nyssia ne pourra t'apercevoir, et demain il y aura quelqu'un dans le monde qui comprendra mes extases et ne s'étonnera plus de mes emportements admiratifs. Mais voici le jour qui baisse ; le soleil va bientôt faire boire ses coursiers dans les flots Hespériens, à l'extrémité du monde, au-delà des colonnes posées par mon ancêtre ; rentre dans ta cachette, Gygès, et bien que les heures de l'attente soient longues, j'en jure Éros aux flèches d'or, tu ne regretteras pas d'avoir attendu ! »

Après cette assurance, Candaule quitta Gygès, tapi de nouveau derrière la porte. L'inaction forcée où se trouvait le jeune confident du roi laissait un libre cours à ses pensées. Certes, la situation était des plus bizarres. Il aimait Nyssia comme on aime une étoile, sans espoir de retour ; convaincu de l'inutilité de toute tentative, il n'avait fait aucun effort pour se rapprocher d'elle. Et cependant, par un concours de circonstances extraordinaires, il allait connaître des trésors réservés aux amants et aux époux seuls ; pas une parole, pas une œillade n'avaient été échangées entre lui et Nyssia, qui probablement ignorait jusqu'à l'existence de celui pour lequel sa beauté serait bientôt sans mystère. Être inconnu à celle dont la pudeur n'aurait rien à vous sacrifier, quelle étrange position ! aimer en secret une femme et se voir conduit par l'époux jusque sur le seuil de la chambre nuptiale, avoir pour guide vers ce trésor le dragon qui devrait en défendre l'approche, n'y avait-il pas vraiment de quoi s'étonner et admirer les singulières combinaisons du destin ?

Il en était là de ses réflexions, lorsqu'il entendit résonner des pas sur les dalles. – C'étaient les esclaves qui venaient renouveler l'huile de la lampe, jeter des parfums sur les charbons des kamklins et remuer les toisons de brebis teintes en pourpre et en safran qui composaient la couche royale.

L'heure approchait, et Gygès sentait s'accélérer le battement de son cœur et de ses artères. Il eut même envie de se retirer avant l'arrivée de la reine, sauf à dire à Candaule qu'il était resté, et à se livrer de confiance aux éloges les plus excessifs. Il lui répugnait – car Gygès, malgré sa conduite un peu légère, ne manquait pas de délicatesse – de dérober une faveur qu'accordée librement il eût payée de sa vie. La complicité du mari rendait en quelque sorte ce larcin plus odieux, et il aurait préféré devoir à toute autre circonstance le bonheur de voir la merveille de l'Asie dans sa toilette nocturne. Peut-être bien aussi, avouons-le en historien véridique, l'approche du danger était-elle pour quelque chose dans ses scrupules vertueux. Gygès ne manquait pas de bravoure, sans doute ; monté sur son char de guerre, son carquois sonnant sur l'épaule, son arc à la main, il eût défié les plus fiers combattants ; à la chasse, il eût attaqué sans pâlir le sanglier de Calydon ou le lion de Némée ; mais, explique qui voudra cette énigme, il frémissait à l'idée de regarder une belle femme à travers une porte. – Personne n'a toutes les sortes de courages. – Il sentait aussi que ce n'était pas impunément qu'il verrait Nyssia. – Ce devait être une époque décisive dans sa vie ; pour l'avoir entrevue un instant il avait perdu le repos de son cœur ; que serait-ce donc après ce qui allait se passer ? L'existence lui serait-elle possible lorsque à cette tête divine, qui incendiait ses rêves, s'ajouterait un corps charmant fait pour les baisers des immortels ? Que deviendrait-il, si désormais il ne pouvait contenir sa passion dans l'ombre et le silence, comme il l'avait fait jusqu'alors ? Donnerait-il à la cour de Lydie le spectacle ridicule d'un amour insensé, et tâcherait-il d'attirer sur lui, par des extravagances, la pitié dédaigneuse de la reine ? Un pareil résultat était fort probable, puisque la raison de Candaule, possesseur légitime de Nyssia, n'avait pu résister au vertige causé par cette beauté surhumaine, lui, le jeune roi insouciant qui, jusque-là, avait ri de l'amour et préféré à toutes choses les tableaux et les statues. – Ces raisonnements étaient fort sages, mais fort inutiles ; car, au même moment, Candaule entra dans la chambre et dit à voix basse mais distincte, en passant près de la porte : « Patience, mon pauvre Gygès, Nyssia va bientôt venir ! »

Quand il vit qu'il ne pouvait plus reculer, Gygès, qui après tout était un jeune homme, oublia toute autre considération, et ne pensa plus qu'au bonheur de repaître ses yeux du charmant spectacle que Candaule lui donnait. – On ne peut exiger d'un capitaine de vingt-cinq ans l'austérité d'un philosophe blanchi par l'âge.

Enfin un léger susurrement d'étoffes frôlées et traînant sur le marbre, que le silence profond de la nuit permettait de discerner, annonça que la reine arrivait. En effet, c'était elle ; d'un pas cadencé et rythmé comme une ode, elle franchit le seuil du thalamus, et le vent de son voile aux plis flottants effleura presque la joue brûlante de Gygès, qui faillit se trouver mal et fut forcé de s'appuyer à la muraille, tant son émotion était violente ; il se remit pourtant, et, s'approchant de l'interstice de la porte, il prit la position la plus favorable pour ne rien perdre de la scène dont il allait être l'invisible témoin.

Nyssia fit quelque pas vers l'escabeau d'ivoire et commença à détacher les aiguilles terminées par des boules très creuses qui retenaient son voile sur le sommet de sa tête, et Gygès, du fond de l'angle plein d'ombre où il était tapi, put examiner à son aise cette physionomie fière et charmante qu'il n'avait fait qu'entrevoir ; ce col arrondi, délicat et puissant à la fois, sur lequel Aphrodite avait tracé de l'ongle de son petit doigt les trois légères raies que l'on appelle encore aujourd'hui le collier de Vénus ; cette nuque où se tordaient dans l'albâtre de petites boucles folles et rebelles ; ces épaules argentées qui sortaient à demi de l'échancrure de la chlamyde comme le disque de la lune émergeant d'un nuage opaque. – Candaule, à demi soulevé sur ses coussins, regardait sa femme avec une affectation distraite et se disait à part lui : « Maintenant Gygès, qui a un air si froid, si difficile et si dédaigneux, doit être à moitié convaincu ».

Ouvrant un coffret placé sur une table dont le pied était formé par des griffes de lion, la reine délivra du poids des bracelets et des chaînes de pierreries, dont ils étaient surchargés, ses beaux bras, qui auraient pu le disputer pour la forme et la blancheur à ceux d'Héré, la sœur et la femme de Zeus, roi de l'Olympe. Quelque précieux que fussent ses joyaux, ils ne valaient assurément pas la place qu'ils couvraient, et, si Nyssia eût été coquette, on eût pu croire qu'elle ne les mettait que pour se faire prier de les ôter ; les anneaux et les ciselures avaient laissé sur sa peau fine et tendre comme la pulpe intérieure d'un lis, de légères empreintes roses, qu'elle eut bientôt dissipées en les frottant de sa petite main aux phalanges effilées, aux extrémités rondes et menues.

Puis, avec un mouvement de colombe qui frissonne dans la neige de ses plumes, elle secoua ses cheveux, qui, n'étant plus retenus par les épingles, roulèrent en spirales alanguies sur son dos et sur sa poitrine semblables à des fleurs d'hyacinthe ; elle resta quelques instants avant d'en rassembler les boucles éparses, qu'elle réunit ensuite en une seule masse. C'était merveille de voir les boucles blondes ruisseler comme des jets d'or entre l'argent de ses doigts, et ses bras onduleux comme des cols de cygne s'arrondir au-dessus de sa tête pour enrouler et fixer la torsade. – Si par hasard vous avez jeté un coup d'œil sur un de ces beaux vases étrusques, à fond noir et à figures rouges, orné d'un de ces sujets qu'on désigne sous le nom de toilette grecque, vous aurez une idée de la grâce de Nyssia dans cette pose, qui depuis l'antiquité jusqu'à nos jours a fourni tant d'heureux motifs aux peintres et aux statuaires.

Sa coiffure arrangée, elle s'assit sur le bord de l'escabeau d'ivoire et se mit à défaire les bandelettes qui retenaient ses cothurnes. – Nous autres modernes, grâce à notre horrible système de chaussure, presque aussi absurde que le brodequin chinois, nous ne savons plus ce que c'est qu'un pied. – Celui de Nyssia était d'une perfection rare, même pour la Grèce et l'Asie antique. L'orteil légèrement écarté, comme un pouce d'oiseau, les autres doigts un peu longs, rangés avec une symétrie charmante, les ongles bien formés et brillants comme des agates, les chevilles fines et dégagées, le talon imperceptiblement teinté de rose ; rien n'y manquait. – La jambe qui s'attachait à ce pied et prenait, au reflet de la lampe, des luisants de marbre poli, était d'une pureté et d'un tour irréprochables.

Gygès, absorbé dans sa contemplation, tout en comprenant la folie de Candaule, se disait que, si les dieux lui eussent accordé un pareil trésor, il aurait su le garder pour lui.

« Eh bien ! Nyssia, vous ne venez pas dormir près de moi ? fit Candaule voyant que la reine ne se hâtait en aucune manière et désirant abréger la faction de Gygès.

– Si, mon cher seigneur, je vais avoir fini, » répondit Nyssia.

Et elle détacha le camée qui agrafait son péplum sur son épaule, – il ne restait plus que la tunique à laisser tomber. – Gygès, derrière la porte, sentait ses veines siffler dans ses tempes ; son cœur battait si fort qu'il lui semblait qu'on dût l'entendre de la chambre, et, pour en comprimer les pulsations, il appuyait sa main sur sa poitrine, et quand Nyssia, avec un mouvement d'une grâce nonchalante, dénoua la ceinture de sa tunique, il crut que ses genoux allaient se dérober sous lui.

Nyssia, – était-ce un pressentiment instinctif, ou son épiderme entièrement vierge de regards profanes avait-il une susceptibilité magnétique si vive qu'il pût sentir le rayon d'un œil passionné, quoique invisible ? – Nyssia parut hésiter à dépouiller cette tunique, dernier rempart de sa pudeur. Deux ou trois fois ses épaules, son sein et ses bras nus frémirent avec une contraction nerveuse, comme s'ils eussent été effleurés par l'aile d'un papillon nocturne, ou comme si une lèvre insolente eût osé s'en approcher dans l'ombre.

Enfin, paraissant prendre sa résolution, elle jeta à son tour la tunique, et le blanc poème de son corps divin apparut tout à coup dans sa splendeur, tel que la statue d'une déesse qu'on débarrasse de ses toiles le jour de l'inauguration d'un temple. La lumière glissa en frissonnant de plaisir sur ses formes exquises et les enveloppa d'un baiser timide, profitant d'une occasion, hélas ! bien rare : les rayons éparpillés dans la chambre, dédaignant d'illuminer des urnes d'or, des agrafes de pierreries et des trépieds d'airain, se concentrèrent tous sur Nyssia, laissant les autres objets dans l'obscurité. – Si nous étions un Grec du temps de Périclès, nous pourrions vanter tout à notre aise ces belles lignes serpentines, ces courbures élégantes, ces flancs polis, ces seins à servir de moule à la coupe d'Hébé ; mais la pruderie moderne ne nous permet pas de pareilles descriptions, car on ne pardonnerait pas à la plume ce qu'on permet au ciseau, et d'ailleurs il est des choses qui ne peuvent s'écrire qu'en marbre.

Candaule souriait d'un air de satisfaction orgueilleuse. D'un pas rapide, comme toute honteuse d'être si belle, n'étant que la fille d'un homme et d'une femme, Nyssia se dirigea vers le lit, les bras croisés sur la poitrine ; mais, par un mouvement subit, elle se retourna avant de prendre place sur la couche à côté de son royal époux, et vit, à travers l'interstice de la porte, flamboyer un œil étincelant comme l'escarboucle des légendes orientales ; car, s'il était faux qu'elle eût la prunelle double et qu'elle possédât la pierre qui se trouve dans la tête des dragons, il était vrai que son regard vert pénétrait l'ombre comme le regard glauque du chat et du tigre.

Un cri pareil à celui d'une biche qui reçoit une flèche dans le flanc, au moment où elle rêve tranquille sous la feuillée, fut sur le point de lui jaillir du gosier ; pourtant elle eut la force de se contenir et s'allongea auprès de Candaule, froide comme un serpent, les violettes de la mort sur les joues et sur les lèvres ; pas un de ses muscles ne tressaillit, pas une de ses fibres ne palpita, et bientôt sa respiration lente et régulière dut faire croire que Morphée avait distillé sur ses paupières le suc de ses pavots.

Elle avait tout deviné et tout compris !

## CHAPITRE IV

Gygès, tremblant, éperdu, s'était retiré en suivant exactement les instructions de Candaule, et si Nyssia, par un hasard fatal, n'eût pas retourné la tête en mettant le pied sur le lit et ne l'avait pas vu s'enfuir, nul doute qu'elle n'eût ignoré à jamais l'outrage fait à ses charmes par un mari plus passionné que scrupuleux.

Le jeune guerrier, qui avait l'habitude des détours du palais, n'eut pas de peine à trouver une issue. Il traversa la ville d'un pas désordonné, comme un fou échappé d'Anticyre, et, s'étant fait reconnaître de la sentinelle qui veillait près des remparts, il se fit ouvrir la porte et gagna la campagne. – Sa tête brûlait, ses joues étaient enflammées comme par le feu de la fièvre ; ses lèvres sèches laissaient échapper un souffle haletant ; il se coucha, pour trouver un peu de fraîcheur, sur le gazon humide des pleurs de la nuit, et, ayant entendu dans l'ombre, à travers l'herbe drue et le cresson, la respiration argentine d'une naïade, il se traîna vers la source, plongea ses mains et ses bras dans le cristal du bassin, y baigna sa figure et but quelques gorgées d'eau, afin de calmer l'ardeur qui le dévorait. Qui l'eût vu, aux faibles lueurs des étoiles, ainsi penché désespérément sur cette fontaine, l'eût pris pour Narcisse poursuivant son reflet ; mais ce n'était pas de lui-même assurément qu'était amoureux Gygès.

La rapide apparition de Nyssia avait ébloui ses yeux comme l'angle aigu d'un éclair ; il la voyait flotter devant lui dans un tourbillon lumineux, et il comprenait que jamais de sa vie il ne pourrait chasser cette image. Son amour avait grandi subitement ; la fleur en avait éclaté comme ces plantes qui s'ouvrent avec un coup de tonnerre. Chercher à dominer sa passion était désormais une chose impossible. Autant eût valu conseiller aux vagues empourprées que Poseidon soulève de son trident de se tenir tranquilles dans leur lit de sable et de ne pas écumer contre les rochers du rivage. – Gygès n'était plus maître de lui, et il éprouvait ce désespoir morne d'un homme monté sur un char qui voit ses chevaux, effarés, insensibles au frein, courir avec l'essor d'un galop furieux vers un précipice hérissé de rocs. – Cent mille projets plus extravagants les uns que les autres roulaient confusément dans sa cervelle : il accusait le destin, il maudissait sa mère de lui avoir donné le jour, et les dieux de ne pas l'avoir fait naître sur un trône, car alors il eût pu épouser la fille du satrape.

Une douleur affreuse lui mordait le cœur, – il était jaloux du roi. – Dès l'instant où la tunique, comme un vol de colombe blanche qui se pose sur le gazon, s'était abattue aux pieds de Nyssia, il lui avait semblé qu'elle lui appartenait, il se trouvait frustré de son bien par Candaule. – Dans ses rêveries amoureuses, il ne s'était guère jusqu'alors occupé du mari ; il pensait à la reine comme à une pure abstraction, sans se représenter d'une manière nette tous ces détails intimes de familiarité conjugale, si amers et si poignants pour ceux qui aiment une femme au pouvoir d'un autre. Maintenant il avait vu la tête blonde de Nyssia se pencher comme une fleur près de la tête brune de Candaule, et cette pensée excitait au plus haut degré sa colère, comme si une minute de réflexion n'eût pas dû le convaincre que les choses ne pouvaient se passer autrement, et il se sentait naître dans l'âme contre son maître une haine des plus injustes. L'action de l'avoir fait assister au déshabillé de la reine lui paraissait une ironie sanglante, un odieux raffinement de cruauté ; car il oubliait que son amour pour elle ne pouvait être connu du roi, qui n'avait cherché en lui qu'un confident connaisseur en beauté et de morale facile. Ce qu'il eût dû considérer comme une haute faveur lui produisait l'effet d'une injure mortelle dont il méditait de se venger. En pensant que demain la scène dont il venait d'être le témoin invisible et muet se renouvellerait immanquablement, sa langue s'attachait à son palais, son front s'emperlait de gouttes de sueur froide, et sa main convulsive cherchait le pommeau de sa large épée à double tranchant.

Cependant, grâce à la fraîcheur de la nuit, cette bonne conseillère, il reprit un peu de calme, et rentra dans Sardes avant que le jour fût assez clair pour permettre aux rares habitants et aux esclaves matineux de distinguer la pâleur qui couvrait son front et le désordre de ses vêtements ; il se rendit au poste qu'il occupait habituellement au palais, se doutant bien que Candaule ne tarderait pas à le faire appeler, et, quels que fussent les sentiments qui l'agitassent, il n'était pas assez puissant pour braver la colère du roi, et ne pouvait pas s'empêcher de subir encore ce rôle de confident qui ne lui inspirait plus que de l'horreur. Arrivé au palais, il s'assit sur les marches du vestibule lambrissé de bois de cyprès, s'adossa contre une colonne, et, prétextant la fatigue d'avoir veillé sous les armes, il s'enveloppa la tête de son manteau, et feignit de s'endormir pour éviter de répondre aux questions des autres gardes.

Si la nuit fut terrible pour Gygès, elle ne le fut pas moins pour Nyssia, car elle ne douta pas un instant qu'il n'eût été caché là par Candaule. L'insistance avec laquelle le roi lui avait demandé de ne pas voiler si sévèrement un visage fait par les dieux pour l'admiration des hommes ; le dépit qu'il avait conçu de ses refus de paraître vêtue à la grecque dans les sacrifices et les solennités publiques ; les railleries qu'il ne lui avait point épargnées sur ce qu'il appelait sa sauvagerie barbare, tout lui démontrait que le jeune Héraclide, insouciant de la pudeur comme un statuaire d'Athènes ou de Corinthe, avait voulu admettre quelqu'un dans ces mystères que tous doivent ignorer, car nul n'eût été assez audacieux pour se risquer, sans être favorisé par lui, dans une telle entreprise, dont une prompte mort eût puni la découverte.

Que les heures noires passèrent lentement pour elle ! avec quelle anxiété elle attendit que le matin vînt mêler ses teintes bleuâtres aux jaunes reflets de la lampe presque épuisée ! Il lui semblait que jamais Apollon ne dût remonter sur son char, et qu'une main invisible retînt en l'air la poudre du sablier. Cette nuit, aussi courte qu'une autre, lui parut avoir six mois, comme les nuits cimmériennes.

Tant qu'elle dura, elle se tint blottie, immobile et droite sur le bord de sa couche, de peur d'être effleurée par Candaule. Si elle n'avait pas jusque-là senti pour le fils de Myrsus un amour bien vif, elle lui portait du moins cette tendresse grave et sereine qu'a toute honnête femme pour son mari, bien que la liberté toute grecque de ses mœurs lui déplût fréquemment, et qu'il eût sur la pudeur des idées entièrement opposées aux siennes ; mais, après un tel affront, elle n'éprouvait plus à son endroit qu'une haine froide et qu'un mépris glacé : elle eût préféré la mort à une de ses caresses. Un tel outrage était impossible à pardonner, car c'est, chez les barbares et surtout chez les Perses et les Bactriens, un grand déshonneur que d'être vu sans vêtement, non seulement pour les femmes, mais encore pour les hommes.

Enfin Candaule se leva, et Nyssia, se réveillant de son sommeil simulé, sortit à la hâte de cette chambre profanée à ses yeux, comme si elle eût servi aux veillées orgiaques des bacchantes et des courtisanes. Il lui tardait de ne plus respirer cet air impur, et, pour se livrer librement à son chagrin, elle courut se réfugier dans l'appartement supérieur réservé aux femmes, appela ses esclaves en frappant des mains et se fit renverser sur les bras, sur les épaules, sur la poitrine et sur tout le corps, des aiguières pleines d'eau, comme si, au moyen de cette espèce d'ablution lustrale, elle eût espéré effacer la souillure imprimée par les yeux de Gygès. Elle aurait voulu en quelque sorte s'arracher cette peau où les rayons partis d'une prunelle ardente lui paraissaient avoir laissé des traces. Prenant des mains des servantes les étoffes au long duvet qui servent à boire les dernières perles du bain, elle s'essuyait avec tant de force, qu'un léger nuage pourpre s'élevait aux places qu'elle avait frottées.

« J'aurais beau, dit-elle en laissant tomber les tissus humides et en renvoyant ses suivantes, verser sur moi toute l'eau des sources et des fleuves, l'Océan avec ses gouffres amers ne pourrait me purifier. Une pareille tache ne se lave qu'avec du sang. Oh ! ce regard, ce regard, il s'est incrusté à moi, il m'étreint, m'enveloppe et me brûle comme la tunique imprégnée de la sanie de Nessus ; je le sens sous mes draperies, tel qu'un tissu empoisonné que rien ne peut détacher de mon corps. J'aurai beau maintenant entasser vêtements sur vêtements, choisir les étoffes les moins transparentes, les manteaux les plus épais, je n'en porte pas moins sur ma chair nue cette robe infâme faite d'une œillade adultère et impudique. En vain, depuis l'heure où je suis sortie du chaste sein de ma mère, ai-je été élevée dans la retraite, enveloppée, comme Isis la déesse égyptienne, d'un voile dont nul n'eût soulevé le bord sans payer cette audace de sa vie ; en vain suis-je restée séparée de tout désir mauvais, de toute idée profane, inconnue des hommes, vierge comme la neige où l'aigle même n'a pu imprimer le cachet de ses serres, tant la montagne qu'elle revêt élève haut la tête dans l'air pur et glacial, il suffit du caprice dépravé d'un Grec-Lydien pour me faire perdre en un instant, sans que je sois coupable, le fruit de longues années de précautions et de réserve. Innocente et déshonorée, cachée à tous et pourtant publique… voilà le sort que Candaule m'a fait !… Qui me dit que Gygès, à l'heure qu'il est, n'est pas en train de discourir de mes charmes avec quelques soldats sur le seuil du palais ? – Ô honte !

ô infamie ! deux hommes m'ont vue nue et jouissent en même temps de la douce lumière du soleil ! – En quoi Nyssia diffère-t-elle à présent de l'hétaïre la plus effrontée, de la courtisane la plus vile ? – Ce corps que j'avais tâché de rendre digne d'être la demeure d'une âme pure et noble, sert de sujet de conversation ; on en parle comme de quelque idole lascive venue de Sicyone ou de Corinthe ; on l'approuve ou on le blâme : l'épaule est parfaite, le bras est charmant, peut-être un peu mince, que sais-je ? Tout le sang de mon cœur monte à mes joues à une pareille pensée. Ô beauté, don funeste des dieux ! que ne suis-je la femme de quelque pauvre chevrier des montagnes, de mœurs naïves et simples ! il n'eût pas aposté au seuil de sa cabane un chevrier comme lui pour profaner son humble bonheur ! Mes formes amaigries, ma chevelure inculte, mon teint flétri par le hâle, m'eussent mise à couvert d'une si grossière insulte, et ma laideur honnête n'eût pas eu à rougir. Comment oserai-je, après la scène de cette nuit, passer à côté de ces hommes, droite et fière sous les plis d'une tunique qui n'a rien à dérober ni à l'un ni à l'autre ? j'en tomberai morte de honte sur le pavé ! – Candaule, Candaule, j'avais pourtant droit à plus de respect de ta part, et rien dans ma conduite n'a pu provoquer un tel outrage. Étais-je une de ces épouses dont les bras s'enlacent comme le lierre au col de l'époux, et qui ressemblent plus à des esclaves achetées à prix d'argent pour le plaisir du maître qu'à des femmes ingénues et de race noble ? ai-je jamais chanté après le repas des hymnes amoureux en m'accompagnant de la lyre, les lèvres humides de vin, l'épaule nue, la tête couronnée de roses, et donné lieu, par quelque action immodeste, à me traiter comme une maîtresse qu'on montre après un festin à ses compagnons de débauche ? »

Pendant que Nyssia s'abîmait ainsi dans sa douleur, de grosses larmes débordaient de ses yeux comme les gouttes de pluie du calice d'azur d'un lotus à la suite de quelque orage, et, après avoir coulé le long de ses joues pâles, tombaient sur ses belles mains abandonnées, languissamment ouvertes, semblables à des roses à moitié effeuillées, car aucun ordre parti du cerveau ne venait leur donner d'action. Niobé, voyant succomber son quatorzième enfant sous les flèches d'Apollon et de Diane, n'avait pas une attitude plus morne et plus désespérée ; mais bientôt, sortant de cet état de prostration, elle se roula sur le plancher, déchira ses habits, répandit de la cendre sur sa belle chevelure éparse, raya de ses ongles sa poitrine et ses joues en poussant des sanglots convulsifs, et se livra à tous les excès des douleurs orientales, avec d'autant plus de violence qu'elle avait été forcée de contenir plus longtemps l'indignation, la honte, le sentiment de la dignité blessée et tous les mouvements qui agitaient son âme ; car l'orgueil de toute sa vie venait d'être brisé, et l'idée qu'elle n'avait rien à se reprocher ne la consolait pas. Comme l'a dit un poète, l'innocent seul connaît le remords. Elle se repentait du crime commis par un autre.

Elle fit cependant un effort sur elle-même, ordonna d'apporter les corbeilles remplies de laines de différentes couleurs, les fuseaux garnis d'étoupe, et distribua le travail à ses femmes comme elle avait coutume de le faire ; mais elle crut remarquer que les esclaves la regardaient d'une façon toute particulière et n'avaient pas pour elle le même respect craintif qu'auparavant. Sa voix ne vibrait pas avec la même assurance, sa démarche avait quelque chose d'humble et de furtif ; elle se sentait intérieurement déchue.

Sans doute, ses scrupules étaient exagérés, et sa vertu n'avait reçu aucune atteinte de la folie de Candaule ; mais des idées sucées avec le lait ont un empire irrésistible, et la pudeur du corps est poussée par les nations orientales à un excès presque incompréhensible pour les peuples de l'Occident. Lorsqu'un homme voulait parler à Nyssia, en Bactriane, dans le palais de Mégabaze, il devait le faire les yeux baissés, et deux eunuques, le poignard à la main, se tenaient à ses côtés prêts à lui plonger leurs lames dans le cœur, s'il avait l'audace de relever la tête pour regarder la princesse, bien qu'elle n'eût pas le visage découvert. – Vous jugez aisément quelle injure mortelle devait être pour une femme élevée ainsi l'action de Candaule, qui n'eût sans doute été considérée par tout autre que comme une légèreté coupable. Aussi l'idée de la vengeance s'était-elle présentée instantanément à Nyssia, et lui avait-elle donné assez d'empire sur elle-même pour étouffer, avant qu'il arrivât à ses lèvres, le cri de sa pudeur offensée, lorsque, retournant la tête, elle avait vu flamboyer dans l'ombre la prunelle étincelante de Gygès. Il lui avait fallu le courage du guerrier en embuscade qui, frappé d'un dard égaré, ne pousse pas une seule plainte, de peur de se trahir derrière son abri de feuillage ou de roseaux, et laisse silencieusement son sang rayer sa chair de longs filets rouges. Si elle n'eût contenu cette première exclamation, Candaule, prévenu et alarmé, serait tenu sur ses gardes, et il eût rendu plus difficile, sinon impossible, l'exécution de ses projets

Pourtant elle n'avait encore aucun plan bien arrêté ; mais elle était résolue à faire expier chèrement l'insulte faite à son honneur. Elle avait eu d'abord la pensée de tuer elle-même Candaule pendant son sommeil avec l'épée suspendue auprès de son lit. Cependant il lui répugnait de baigner ses belles mains dans le sang ; elle craignait de manquer son coup, et, quelque irritée qu'elle fût, elle hésitait devant cette action extrême et peu décente pour une femme.

Tout à coup elle parut s'être fixée à quelque projet ; elle fit venir Statira, une de ses suivantes qu'elle avait amenée de Bactres, et en qui elle avait beaucoup de confiance ; elle lui parla quelques minutes à voix basse et tout près de l'oreille, bien qu'il n'y eût personne dans l'appartement, et comme si elle eût craint d'être entendue par les murailles.

Statira s'inclina profondément et sortit aussitôt.

Comme tous les gens que menace quelque grand péril, Candaule nageait dans une sécurité parfaite. Il était certain que Gygès s'était esquivé sans être remarqué, et il ne pensait qu'au bonheur de parler avec lui des attraits sans rivaux de sa femme.

Aussi le fit-il appeler et l'emmena-t-il dans la cour des Héraclides.

« Eh bien ! Gygès, lui dit-il d'un air riant, je ne t'avais pas trompé en t'assurant que tu ne regretterais pas d'avoir passé quelques heures derrière cette bienheureuse porte. Ai-je raison ? Connais-tu une plus belle femme que la reine ? Si tu en sais une qui l'emporte sur elle, dis-le-moi franchement, et va lui porter de ma part ce fil de perles, emblème de la puissance.

– Seigneur, répondit Gygès d'une voix tremblante d'émotion, nulle créature humaine n'est digne d'être comparée à Nyssia ; ce n'est pas le fil de perles des reines qui conviendrait à son front, mais la couronne sidérale des immortelles.

– Je savais bien que ta glace finirait par se fondre aux feux de ce soleil ! – Tu conçois maintenant ma passion, mon délire, mes désirs insensés. – N'est-ce pas, Gygès, que le cœur d'un homme n'est pas assez grand pour contenir un tel amour ? Il faut qu'il déborde et s'épanche ».

Une vive rougeur couvrit les joues de Gygès, qui ne comprenait que trop bien maintenant l'admiration de Candaule.

Le roi s'en aperçut, et dit d'un air moitié souriant, moitié sévère :

« Mon pauvre ami, ne va pas faire la folie d'être amoureux de Nyssia, tu perdrais tes peines ; c'est une statue que je t'ai fait voir et non une femme. Je t'ai permis de lire quelques strophes d'un beau poème dont je possède seul le manuscrit, pour en avoir ton opinion, voilà tout.

– Vous n'avez pas besoin, sire, de me rappeler mon néant. Quelquefois le plus humble esclave est visité dans son sommeil par quelque apparition radieuse et charmante, aux formes idéales, à la chair nacrée, à la chevelure ambrosienne. Moi, j'ai rêvé les yeux ouverts ; vous êtes le dieu qui m'avez envoyé ce songe.

– Maintenant, reprit le roi, je n'ai pas besoin de te recommander le silence : si tu ne mets pas un sceau sur ta bouche, tu pourrais apprendre à tes dépens que Nyssia n'est pas aussi bonne qu'elle est belle ».

Le roi fit un geste d'adieu à son confident, et se retira pour aller voir un lit antique sculpté par Ikmalius, ouvrier célèbre, qu'on lui proposait d'acheter.

Candaule venait à peine de disparaître, qu'une femme enveloppée dans un long manteau, de façon à ne montrer qu'un de ses yeux, à la manière des barbares, sortit de l'ombre d'une colonne derrière laquelle elle s'était tenue cachée pendant l'entretien du roi et de son favori, marcha droit à Gygès, lui posa le doigt sur l'épaule, et lui fit signe de la suivre.

## CHAPITRE V

Statira, suivie de Gygès, arriva devant une petite porte dont elle fit tomber le loquet en tirant un anneau d'argent attaché à une bande de cuir, et se mit à monter un escalier aux marches assez roides pratiqué dans l'épaisseur du mur. Au haut de l'escalier se trouvait une seconde porte qu'elle ouvrit au moyen d'une clef d'ivoire et de cuivre. Dès que Gygès fut entré, elle disparut sans lui expliquer autrement ce qu'on attendait de lui.

La curiosité de Gygès était mêlée d'inquiétude ; il ne savait trop ce que pouvait signifier ce message mystérieux. Il lui avait semblé vaguement reconnaître dans l'Iris silencieuse une des femmes de Nyssia, et le chemin qu'elle lui avait fait suivre conduisait aux appartements de la reine. Il se demandait avec terreur s'il avait été aperçu dans sa cachette ou trahi par Candaule, car les deux suppositions étaient probables.

À l'idée que Nyssia savait tout, des sueurs brûlantes et glacées lui montèrent à la figure ; il essaya de fuir, mais la porte avait été fermée sur lui par Statira, et toute retraite lui était coupée ; il s'avança donc dans la chambre assombrie par d'épaisses draperies de pourpre, et se trouva face à face avec Nyssia. Il crut voir une statue qui venait au-devant de lui, tant elle était pâle. Les couleurs de la vie avaient abandonné son visage, une faible teinte rose animait seulement ses lèvres ; sur ses tempes attendries quelques imperceptibles veines entre-croisaient leur réseau d'azur ; les larmes avaient meurtri ses paupières et tracé des sillons luisants sur le duvet de ses joues ; les teintes de chrysoprase de ses prunelles avaient perdu de leur intensité. Elle était ainsi plus belle et plus touchante. – La douleur avait donné de l'âme à sa beauté marmoréenne.

Sa robe en désordre, à peine rattachée à son épaule, laissait voir ses bras nus, sa poitrine et le commencement de sa gorge d'une blancheur morte. Comme un guerrier vaincu dans un premier combat, sa pudeur avait mis bas les armes. À quoi lui eussent servi les draperies qui dérobent les formes, les tuniques aux plis précieusement fermés ? Gygès ne la connaissait-il pas ? Pourquoi défendre ce qui est perdu d'avance ?

Elle alla droit à Gygès, et, fixant sur lui un regard impérial plein de clarté et de commandement, elle lui dit d'une voix brève et saccadée :

« Ne mens pas, ne cherche pas de vains subterfuges, aie du moins la dignité et le courage de ton crime ; je sais tout, je t'ai vu ! – Pas un mot d'excuse, je ne l'écouterais pas. – Candaule t'a caché lui-même derrière la porte. N'est-ce pas ainsi que les choses se sont passées ? Et tu crois sans doute que tout est fini ? Malheureusement, je ne suis pas une femme grecque facile aux fantaisies des artistes et des voluptueux. Nyssia ne veut servir de jouet à personne. Il est maintenant deux hommes dont l'un est de trop sur terre ; il faut qu'il en disparaisse ! S'il ne meurt, je ne puis vivre. Ce sera toi ou Candaule, je te laisse maître du choix. Tue-le, venge-moi, et conquiers par ce meurtre et ma main et le trône de Lydie, ou qu'une prompte mort t'empêche désormais de voir, par une lâche complaisance, ce qu'il ne t'appartient pas de regarder. Celui qui a commandé est plus coupable que celui qui n'a fait qu'obéir ; et d'ailleurs, si tu deviens mon époux, personne ne m'aura vue sans en avoir le droit. Mais décide-toi sur-le-champ, car deux des quatre prunelles où ma nudité s'est réfléchie doivent s'éteindre avant ce soir ».

Cette alternative étrange, proposée avec un sang-froid terrible, avec une résolution immuable, surprit tellement Gygès, qui s'attendait à des reproches, à des menaces, à une scène violente, qu'il resta quelques minutes sans couleur et sans voix, livide comme une ombre sur le bord des fleuves noirs de l'enfer.

« Moi, tremper mes mains dans le sang de mon maître ! Est-ce bien vous, ô reine ! qui me demandez un si grand forfait ? Je comprends toute votre indignation, je la trouve juste, et il n'a pas tenu à moi que ce sacrilège n'eût pas lieu : mais, vous le savez, les rois sont puissants, ils descendent d'une race divine. Nos destins reposent sur leurs genoux augustes, et ce n'est pas nous, faibles mortels, qui pouvons hésiter à leurs ordres. – Leur volonté renverse nos refus comme un torrent emporte une digue. – Par vos pieds que j'embrasse, par votre robe que je touche en suppliant, soyez clémente ! oubliez cette injure qui n'est connue de personne et qui restera éternellement ensevelie dans l'ombre et le silence ! Candaule vous chérit, vous admire, et sa faute ne vient que d'un excès d'amour.

– Si tu parlais à un sphinx de granit dans les sables arides de l'Égypte, tu aurais plus de chance de l'attendrir. Les paroles ailées s'envoleraient sans interruption de ta bouche pendant une olympiade entière, que tu ne pourrais rien changer à ma résolution. Un cœur d'airain habite ma poitrine de marbre... Meurs ou tue ! – Quand le rayon de soleil qui s'est glissé à travers les rideaux aura atteint le pied de cette table, que ton choix soit fait... J'attends ».

Et Nyssia mit ses bras en croix sur son sein, dans une attitude pleine d'une sombre majesté.

À la voir debout, immobile et pâle, l'œil fixe, les sourcils contractés, la tête échevelée, le pied fortement appuyé sur la dalle, on l'eût prise pour Némésis descendue de son griffon et guettant l'heure de frapper un coupable.

« Les profondeurs ténébreuses de l'Hadès ne sont visitées de personne avec plaisir, répondit Gygès ; il est doux de jouir de la pure lumière du jour, et les héros eux-mêmes, qui habitent les îles Fortunées, reviendraient volontiers dans leur patrie. Chacun a l'instinct de sa propre conservation, et, puisqu'il faut que le sang coule, que ce soit plutôt des veines de l'autre que des miennes ».

À ces sentiments avoués par Gygès avec une franchise antique, il s'en joignait d'autres plus nobles dont il ne parlait pas : – il était éperdument amoureux de Nyssia et jaloux de Candaule. Ce ne fut donc pas la seule crainte de la mort qui lui fit accepter cette sanglante besogne. La pensée de laisser Candaule libre possesseur de Nyssia lui était insupportable, et puis le vertige de la fatalité le gagnait. Par une suite de circonstances singulières et terribles, il se voyait entraîné à l'accomplissement de ses rêves ; un flot puissant le soulevait malgré lui ; Nyssia elle-même lui tendait la main pour lui faire monter les degrés de l'estrade royale ; tout cela lui fit oublier que Candaule était son maître et son bienfaiteur ; car nul ne peut échapper à son sort, et la nécessité marche des clous dans une main, un fouet dans l'autre, pour vous arrêter ou vous faire avancer.

« C'est bien, répondit Nyssia, voici le moyen d'exécution. – Et elle tira de son sein un poignard bactrien au manche de jade enrichi de cercles d'or blanc. – Cette lame est faite non avec de l'airain, mais avec du fer difficile à travailler, trempé dans la flamme et dans l'onde, et telle qu'Héphaistos ne pourrait en forger une plus aiguë et plus acérée. Elle percerait comme un mince papyrus les cuirasses de métal et les boucliers recouverts de peau de dragon. – Le moment, continua-t-elle avec le même sang-froid de glace, sera celui de son sommeil. Qu'il s'endorme et ne se réveille plus ! »

Son complice Gygès l'écoutait avec stupeur, car il ne s'était pas attendu à voir une semblable résolution dans une femme qui ne pouvait prendre sur elle de relever son voile.

« Le lieu de l'embuscade sera l'endroit même où l'infâme t'avait caché pour m'exposer à tes regards. – À l'approche de la nuit, je renverserai le battant de la porte sur toi, je me déshabillerai, je me coucherai, et, quand il sera endormi, je te ferai signe… Surtout pas d'hésitation, pas de faiblesse, et que la main n'aille pas te trembler quand le moment sera venu ! – Maintenant, de peur que tu ne changes d'idée, je vais m'assurer de ta personne jusqu'à l'heure fatale ; tu pourrais essayer de te sauver, de prévenir ton maître : ne l'espère pas ! »

Nyssia siffla d'une façon particulière, et aussitôt, soulevant un tapis de Perse ramagé de fleurs, parurent quatre monstres, basanés, vêtus de robes rayées de zébrures diagonales, qui laissaient voir des bras musclés et noueux comme des troncs de chêne ; leurs grosses lèvres bouffies, les anneaux d'or qui traversaient la cloison de leurs narines, leurs dents aiguës comme celles des loups, l'expression de servilité stupide de leur physionomie, les rendaient hideux à voir.

La reine prononça quelques mots dans une langue inconnue à Gygès, – en bactrien, sans doute, – et les quatre esclaves s'élancèrent sur le jeune homme, le saisirent et l'emportèrent, comme une nourrice un petit enfant dans le pan de sa robe.

Maintenant, quelle était la vraie pensée de Nyssia ? Avait-elle, en effet, remarqué Gygès dans sa rencontre avec lui auprès de Bactres, et gardé du jeune capitaine quelque souvenir dans un de ces recoins secrets de l'âme où les plus honnêtes femmes ont toujours quelque chose d'enfoui ? Le désir de venger sa pudeur était-il aiguillonné par quelque autre désir inavoué, et, si Gygès n'avait pas été le plus beau jeune homme de l'Asie, aurait-elle mis la même ardeur à punir Candaule d'avoir outragé la sainteté du mariage ? C'est une question délicate à résoudre, surtout à près de trois mille ans de distance, et, quoique nous ayons consulté Hérodote, Éphestion, Platon, Dosithée, Archiloque de Paros, Hésychius de Milet, Ptolémée, Euphorion et tous ceux qui ont parlé longuement ou en peu de mots de Nyssia, de Candaule et de Gygès, nous n'avons pu arriver à un résultat certain. Retrouver à travers tant de siècles, sous les ruines de tant d'empires écroulés, sous la cendre des peuples disparus, une nuance si fugitive, est un travail fort difficile pour ne pas dire impossible.

Toujours est-il que la résolution de Nyssia était implacablement prise ; ce meurtre lui semblait l'accomplissement d'un devoir sacré. Chez les nations barbares, tout homme qui a surpris une femme nue est mis à mort. La reine se croyait dans son droit ; seulement, comme l'injure avait été secrète, elle se faisait justice comme elle le pouvait. Le complice passif devenait le bourreau de l'autre, et la punition jaillissait du crime même. La main châtiait la tête.

Les monstres au teint d'olive enfermèrent Gygès dans un recoin obscur du palais d'où il était impossible qu'il s'échappât, et d'où ses cris n'auraient pu être entendus.

Il passa là le reste de la journée dans une anxiété cruelle, accusant les heures d'être boiteuses et de marcher trop vite. Le crime qu'il allait commettre, bien qu'il n'en fût en quelque sorte que l'instrument, et qu'il cédât à un ascendant irrésistible, se présentait à son esprit sous les couleurs les plus sombres. Si le coup allait manquer par une de ces circonstances que nul ne peut prévoir, si le peuple de Sardes se révoltait et voulait venger la mort de son roi ? Telles étaient les réflexions pleines de sens, quoique inutiles, que faisait Gygès en attendant qu'on vînt le tirer de sa prison pour le conduire à la place d'où il ne devait sortir que pour frapper son maître.

Enfin la nuit déploya dans le ciel sa robe étoilée, et l'ombre enveloppa la ville et le palais. Un pas léger se fit entendre, une femme voilée entra dans la chambre, prit Gygès par la main et le conduisit à travers les corridors obscurs et les détours multipliés de l'édifice royal avec autant de sûreté que si elle eût été précédée d'un esclave portant une lampe ou des torches.

La main qui tenait celle de Gygès était froide, douce et petite ; cependant ces doigts déliés la serraient à la meurtrir, comme eussent pu le faire les doigts d'une statue d'airain animée par un prodige ; la roideur d'une volonté inflexible se traduisait dans cette pression toujours égale, semblable à une tenaille, que nulle hésitation partie de la tête ou du cœur ne venait faire varier. Gygès vaincu, subjugué, anéanti, cédait à cette traction impérieuse, comme s'il eût été entraîné par le bras puissant de la fatalité.

Hélas ! ce n'était pas ainsi qu'il aurait voulu toucher la première fois cette belle main royale qui lui tendait le poignard et le guidait au meurtre, car c'était Nyssia elle-même qui était venue chercher Gygès pour le placer dans le lieu de l'embuscade.

Pas une parole ne fut échangée entre le couple sinistre dans le trajet de la prison à la chambre nuptiale.

La reine dénoua les courroies, souleva la barre de la porte, et plaça Gygès derrière le battant, comme Candaule l'avait fait la veille. Cette répétition des mêmes actes, dans une intention si différente, prenait un caractère lugubre et fatal. La vengeance, cette fois, posait son pied sur chaque trace de l'insulte ; le châtiment et le crime passaient par le même chemin. Hier c'était le tour de Candaule, aujourd'hui c'était celui de Nyssia, et Gygès, complice de l'injure, l'était aussi de la peine. Il avait servi au roi pour déshonorer la reine, il servait à la reine pour tuer le roi, également exposé par les vices de l'un et par les vertus de l'autre.

La fille de Mégabaze paraissait éprouver une joie sauvage, un plaisir féroce à n'employer que les moyens choisis par le roi lydien, et à faire tourner au profit du meurtre les précautions prises pour la fantaisie voluptueuse.

« Tu vas me voir encore ce soir ôter ces vêtements qui déplaisent si fort à Candaule. Ce spectacle doit te lasser, dit la reine avec un accent d'ironie amère, sur le seuil de la chambre ; tu finiras par me trouver laide. » Et un rire sardonique emprunté crispa un instant sa bouche pâle ; puis, reprenant une figure impassible et sévère : « Ne t'imagine pas t'esquiver cette fois comme l'autre ; tu sais que j'ai la vue perçante. Au moindre mouvement de ta part j'éveille Candaule, et tu comprends qu'il ne te serait pas facile d'expliquer ce que tu fais dans l'appartement du roi, derrière une porte, un poignard à la main. – D'ailleurs, mes esclaves bactriens – les muets cuivrés qui t'ont enfermé tantôt – gardent les issues du palais, avec ordre de te massacrer si tu sors. Ainsi, que de vains scrupules de fidélité ne t'arrêtent pas. Pense que je te ferai roi de Sardes et que… je t'aimerai si tu me venges. Le sang de Candaule sera ta pourpre, et sa mort te fera une place dans ce lit. »

Les esclaves vinrent, selon leur habitude, changer la braise des trépieds, renouveler l'huile des lampes, étendre sur la couche royale des tapis et des peaux de bêtes, et Nyssia se hâta d'entrer dans la chambre dès qu'elle entendit leurs pas résonner au loin.

Au bout de quelque temps, Candaule arriva tout joyeux ; il avait acheté le lit d'Ikmalius, et se proposait de le substituer au lit dans le goût oriental qui, disait-il, ne lui avait jamais beaucoup plu. – Il parut satisfait de trouver Nyssia déjà rendue dans la chambre conjugale.

« Le métier à broder, les fuseaux et les aiguilles n'ont donc pas pour toi les mêmes charmes aujourd'hui qu'autrefois ? – En effet, c'est un travail monotone de faire passer perpétuellement un fil entre d'autres fils, et je m'étonne du plaisir que tu sembles y prendre ordinairement. À dire vrai, j'avais peur qu'un beau jour, en te voyant si habile, Pallas-Athéné ne te cassât de dépit sa navette sur la tête, comme elle l'a fait à la pauvre Arachné.

– Seigneur, je me suis sentie un peu lasse ce soir, et je suis descendue des appartements supérieurs plus tôt que de coutume. Vous plairait-il, avant de dormir, de boire une coupe de vin noir de Samos, mêlé de miel de l'Hymette ? » Et elle versa d'une urne d'or dans une coupe de même métal le breuvage aux sombres couleurs dans lequel elle avait exprimé les sucs assoupissants du népenthès.

Candaule prit la coupe par ses deux anses et but le vin jusqu'à la dernière goutte ; mais le jeune Héraclide avait la tête forte, et, le coude noyé dans les coussins de sa couche, il regardait Nyssia se déshabiller, sans que la poussière du sommeil ensablât encore ses yeux.

De même que la veille, Nyssia dénoua ses cheveux et laissa s'étaler sur ses épaules leurs opulentes nappes blondes. Gygès, dans sa cachette, crut les voir se colorer de teintes fauves, s'illuminer de reflets de flamme et de sang, et leurs boucles s'allonger avec des ondulations vipérines comme la chevelure des Gorgones et des Méduses.

Cette action si simple et si gracieuse prenait des choses terribles qui allaient se passer un caractère effrayant et fatal qui faisait frissonner de terreur l'assassin caché.

Nyssia défit ensuite ses bracelets, mais ses mains, roidies par des contractions nerveuses, servaient mal son impatience. Elle rompit le fil d'un bracelet de grains d'ambre incrustés d'or, qui roulèrent avec bruit sur le plancher et firent rouvrir à Candaule des paupières qui commençaient à se fermer.

Chacun de ces grains pénétrait dans l'âme de Gygès comme une goutte de plomb fondu tombant dans l'eau.

Ses cothurnes délacés, la reine jeta sa première tunique sur le dos du fauteuil d'ivoire. – Cette draperie, ainsi posée, produisit sur Gygès l'effet d'un de ces linges aux plis sinistres, dont on enveloppe les morts pour les porter au bûcher. – Tout dans cette chambre, qu'il trouvait la veille si riante et si splendide, lui semblait livide, obscur et menaçant. – Les statues de basalte remuaient les yeux et ricanaient hideusement. La lampe grésillait, et sa lueur s'échevelait en rayons rouges et sanglants comme les crins d'une comète ; dans les coins mal éclairés s'ébauchaient vaguement des formes monstrueuses de larves et de lémures. Les manteaux suspendus aux chevilles s'animaient sur la muraille d'une vie factice, prenaient des apparences humaines, et quand Nyssia, quittant son dernier voile, s'avança vers le lit blanche et nue comme une ombre, il crut que la Mort avait rompu les liens de diamant dont Héraclès l'avait autrefois enchaînée aux portes de l'enfer lorsqu'il délivra Alceste, et venait en personne s'emparer de Candaule.

Le roi, vaincu par la force des sucs du népenthès, s'était endormi. Nyssia fit signe à Gygès de sortir de sa retraite, et, posant son doigt sur la poitrine de la victime, elle lança à son complice un regard si humide, si lustré, si chargé de langueurs, si plein d'enivrantes promesses, que Gygès, éperdu, fasciné, s'élança de sa cachette, comme le tigre du haut du rocher où il s'est blotti, traversa la chambre d'un bond, et plongea jusqu'au manche le poignard bactrien dans le cœur du descendant d'Hercule. La pudeur de Nyssia était vengée, et le rêve de Gygès accompli.

Ainsi finit la dynastie des Héraclides après avoir duré cinq cent cinq ans, et commença celle des Mermnades dans la personne de Gygès, fils de Dascylus. – Les Sardiens, indignés de la mort de Candaule, firent mine de se soulever ; mais l'oracle de Delphes s'étant déclaré pour Gygès, qui lui avait envoyé un grand nombre de vases d'argent et six cratères d'or du poids de trente talents, le nouveau roi se maintint sur le trône de Lydie, qu'il occupa pendant de longues années, vécut heureux et ne fit voir sa femme à personne, sachant trop ce qu'il en coûtait.